JN156615

信天翁の子供たち

アナイス・ニン

信天翁の子供たち

山本豊子訳

水声社

クレメント・スタッフに捧げる

人間としての彼の誠実さに、
精神分析医としての彼の深遠な知恵に、
私の小説をゆたかにしてくれ、登場人物ともなった人に対する彼の洞察に。

目次

この書物のなかの登場人物の何人かは『火の梯子』で既に現れているが、フィリップおじさんのように、何人かは本書で初めての登場となっているし、今後の作品にも再登場することだろう。そういうわけで、前作と本作は別々の小説として読める、あるいは、一枚のタペストリーの部分、部分として考えることもできる。

――アナイス・ニン

第一部　密室

バスがモンマルトルに着いて、ジューナの右足が玉石の歩道に降り立った時、巡回市の中心では余興もたけなわで、回転木馬では音楽がちょうど蓄音機から流れてきたところだったものだから、その情景にあいまって、彼女の身も心もが陽気な華やかさに変わっていくのを感じていた。そう、それはまさに、彼女が幼い頃に居た孤児院でのつらい悪夢の生活が、ダンスの奨学金を獲得して手にした自由の身へと、激変した時と同じように。

物心つかぬ幼少の頃も少女時代も、彼女に立ちはだかる艱難辛苦があまりにも多く耐え難かったせいか、彼女の足取りといえば、まるで松葉杖を欠かせない重い歩き方だったのが、一晩にして、急にダンスのステップに変容したかのようだった。ダンス、その踊ることによってのみ、彼女は自分らしい態度と居場所と、自分自身の本性である快活さを見出すのだった。

彼女の生活は二つの世界に分けられていた。一つは、幼少の頃の裸足の歩みを貧乏がさらに重たい足取りにした日の世界。もう一つは、彼女の内面の一人語りが奏でる音楽に、誘われて踊りだした軽やかな足取りの日の世界。

彼女が踊りのステップを一歩踏み出す時はいつだって、こう願いを込めたのだ。この孤児院から、この貧乏から、私の過去いっさいから、抜け出すために踊るのだと。がらんとした安アパートの床を踏んだ裸足の感触が忘れられなかった。孤児院のゴムの床を踏む足の裏の感触が忘れられなかった。「養女」にもらわれて、気兼ねしたり、えこひいきされる実の子供たちへの嫉妬心に苛まれながら、その家《ホーム》の階段を上り下りする足の感触が忘れられなかった。たまらなくて、その家《ホーム》から逃げたくて、一目散に駆け出した足の感触が忘れられなかった。

つま先が四角張った、つやの無い古めかしい彼女の靴を、綻びを繕ったストッキングを、靴屋の店先に並ぶ光沢の有る新品の靴が欲しくて幾度も見ていた飢餓感をよく覚えていた。

あれやこれやの家事をこなし、少しの稼ぎのために画家のモデルやマネキンになる下働きをし、凍てつく寒さにかじかんで、繕いきれなくて穴の開いたままの靴下と、きつくて合わない靴しかなくて、いつもできていた足の硬いたこをよく憶えていた。

彼女の夢が弾けて歌声になり、メロディーを奏でる独り言となった日のことが、さらに、夢はオペラとなって、世間の不協和音や、きつい言葉を封じ込めた日のことが忘れられないでいた。

光沢が消え失せた古い革靴の中で足がむずむずして、とうとう靴を脱ぎ捨てて、彼女の心が奏でる内なる歌声に合わせて踊り始めると、着古したワンピースは肩から両腕の下まで、スカートの裾は両膝のところまで、スリットが入り、彼女の自由な動きを祝して、ドレスもまた裂けて解き放たれあの日のことを忘れることはなかった。

こういった追憶の数々は、いろいろの心象が移り過ぎる流れとなって、市場から聞こえてくる音楽に合わせて、彼女の頭のてっぺんから足の爪先までを急襲したのだった。しかし、もはや、その昔、目には見えないサーベルで突かれたかのようにできた深い切り傷で、真二つに引き裂かれた一人の自分を感じる痛みは止んでいた。

世間に対して、彼女は自力では到底変えられない、数々の不可解な運命に降服してきた女性でいた。一方、自分自身の内面の世界、誰からも干渉されないほど奥深い内なる領域に、幾つもの防空壕を設えていた一人の女性でいられたのだ。そのトンネルの中では、彼女は誰からも干渉されず、誰にも壊されないように宝物を安全に保管しておけたし、何よりそこでは、外界での馴れ合いの世界とは正反対の世界を構築していけたのだった。

しかし、踊っている瞬間には、この二つの世界が解け合って一つになるのだ。融合していく一つの動きがあり、一体化をつくりだすのだ。彼女の体の、ど真ん中に亀裂をつくった傷は癒されて、纏まりを取り戻した一人の女性として、行動しているのだ。

彼女の心の内なるリズムに合わせて、頭の中で蓄音機がメロディーを奏でれば、彼女の気持ちは高揚し、駆り立てられて踊りだす。くすんだ、さえない単調さや停止状態からも、貧乏の泥沼と瘴気《しょうき》、毒気からも、彼女の足は解き放たれる。その足は彼女にいくつもの大陸と海を越えさせ、市場の立つ日のパリの広場の、玉石敷きの地面に降ろしてやる。張られたテントのいろいろな色が陽炎の光にゆらゆらと揺れて、高々と掲げられた旗の数々が愉快に旗めく中に、あちこちにある回転木馬が、ダルウィーシュ〔元々イスラム教の神秘主義から始まり、トランス状態に入ること。エジプトの伝統舞踊の回転の舞もある〕の狂った踊りのように回りまわる賑やかさの只中に。

彼女は歩道に沿って歩き、薄暗い玄関の扉をノックした。髪はぼさぼさで身なりもだらしない管理人がドアを開けると、彼女は地下の広い部屋へ行く階段を駆け下りていった。

階段を下りる先から、ピアノの音や脚を踏み鳴らす音、それからバレエの先生の声が聞こえてきた。ピアノの音が止んだかと思うと、その時は決まって、その男の先生の怒鳴り声が聞こえてきた。そして、生徒たちの囁き声もが耳に入ってきた。

ちょうど前のレッスンが終わったところへ、彼女が入っていくこともしばしばだった。オペラ公演のリハーサルをしている少女たちが、ほころびて、くすんだ褐色のバレエ衣装に身を包んで、彼女の脇を勢いよく走っていった。笑って、小声でおしゃべりしながら、埃まみれのバレエシューズで、なんびきもたかってる、同じような蛾のように、ひらひらと跳ねていった。だだっ広く、うす暗い稽古場のなかから、猛練習のあと、額に珠の汗をにじませた少女たちは、まるで雪まじりの疾風のように出ていった。

ジューナは、その子たちといっしょに廊下を歩いて、衣装部屋に入っていった。そこはちょっと庭みたいだった。何着もあるバレエのスカートは、ぱっと開ききったひな菊《デージー》の花のようだし、スペイン舞踊のスカートは金蓮花《ノウゼンハレン》や芥子《ポピー》の花盛りだ。綿でできた白いバラ、衣装たんすに彫られたヒマワリの花。ヘアネットの網は蜘蛛の巣のよう。

狭い衣装部屋はコールドクリームや白粉《おしろい》や安物の香水の匂いで噎せかえっていた。少女たちの笑い声と打ち明け話と、古い踊り子シューズと、色褪せたコサージュや弛んだチュールとが乱雑に散乱していた。

ジューナが街着を脱ぎ捨てるが早いか、それは変身、メタモフォシスの時、心打ち震える瞬間であった。

ピアノの音は少々狂っている、床は少々軋みがち、そして、踊り子たちの汗の臭いは彼女らの興奮の息づかいをさらに膨らませていた。そこは踊り子たちの衣装が舞い動く庭であり、彼女たちのひそひそ話しと、くすくす笑いが、伴奏にのって聞こえてくる秘密の花園となるのだった。

ジューナが、壁に沿った横棒に片脚を伸ばすと、バレエ教師は彼の手のひらをその上に添えた。その手は、あたかも不思議な力を発し、爪先の配置を正確に修正誘導するのだった。

バレエ教師はすらりとした細身で、姿勢良く、様式に拘りを持つ、年の頃四十ほどの男だった。面立ちは端麗とはいえなかったものの、彼の立ち居振る舞いと身のこなしに魅力的な趣きがそなわっていた。彼の顔は誰なのかをはっきりと示すものではなく、彼の体もぼやけた姿にとどまった。つまり、彼そのものが彼の舞踊であり、その踊りは、一人の彫刻家によって造られた輪郭なのであって、ありとあらゆる彼の動きが、優雅なかたちに形成されたものであった。ただ、しかし、顔が無かった、取るに足らない部分として。

　こうすればもっと良くなる、そうじゃなくて、こうやってより正確に、その身振りはこう変えて。バレエ教師がジューナの踊りを指導する時に、彼女の体に触れる彼の手を、いつだって格別に温かく感じるのだった。

　彼の手がジューナの踝《くるぶし》に触れれば、彼女の全神経が踝に集中した。彼の手を通して血潮が注ぎ込まれていく、それはまるで手品師の業だった。彼の手がジューナのウエストに触れれば、彼女の全神経がウエストに集中した。彼の手はあたかも彫刻家の腕前で、くびれをつくりだすかのようだった。

　こうしてバレエ教師の手がダンスの指示を伝達するとき、その手は単にジューナの体のフォルムに彫刻を施したり、彼女の体の血流を促したりするばかりか、彼の手は、彼女の血と身振りと形を三位一体にして整合させたかのごとし、というべきだろう。つまり、ダンスの稽古《ルソン・ドウ・ダンス》、は生身の生き方のレッスンとなっていった。

それだから、彼女は彼の指導に従い、踊った。彼女は彼の手の導く方へ、柔軟に身をゆだねていった。その教えに従って、彼女は自分の体が自在な動きをするように精を出し、その体を律して訓練し、本体を目覚めさせていった。

稽古場で、彼女が教師のお気に入りであることは、日を追うごとに誰の目にも明らかになった。レッスンを終えて着替え中に、バレエ教師から、お叱りを受けないのはジューナだけだった。彼はジューナの不注意やしくじりに厳しい態度はみせず、むしろ彼女の上達を喜喜として褒め上げるのだった。

彼女は彼の手が導くままに従った。彼は、それでもなおのこと、彼の手をもっとやさしく触れるようにすることや、彼の声をもっと穏やかな抑揚にすることが、他の生徒はさておいて、ジューナにはそうやって指導するのが、ますます肝要な教え方だとまで考えるようになっていた。

彼は、彼女の体とぴったり一つとなって、手取り足取り教えれば、彼女の動きをより良く導いていけると確信していた。

そうすることで、二人の踊りは完璧さを獲得するまでになった。二人の動きが調和して一致することから生じる、一つの完成だった。そう、それはもう、彼女の従順な敬服と彼の絶対的な確立性から成る賜物であった。

彼が疲れてくると、彼女の踊りも下手になった。彼が彼女だけに集中すると、彼女は実に見事に踊るのだった。

こういう光景を目の当たりにしながら、バレエ団の少女達は大人の仲間入りをしていくのだった。「バレエの男の先生のお気に入りはあなたなのね！」少女たちはクックッと笑いながらひそひそと、このせりふを口々に交わした。

それにもかかわらず、彼はジューナの前では、一瞬なりとも男性になることは無かったのだ。彼はあくまでバレエ教師に徹していた。もし彼が彼女の体の動きを支配していたとすれば、それは彼女の踊りを良くする目的のため、バレエ教師から発信される指導の磁気に、彼女が引きつけられるからなのだ。

ところが、ある日のこと、ちょっと様子が違うことがあった。オペラ公演の踊り子たちが、稽古が終わって帰った後も、その娘たちの衣装の絹擦れの音やお喋りの声、それに純白の花が揺れるような白尽くめの場景に、ぱたぱたというトウシューズの足音とが、まだ余韻を響かせているような稽古場での事だった。バレエ教師は着替えをする彼女を追って更衣室の中まで入って来たのだった。

そのとき、彼女は着替えに全く手をつけていなかった。大きく、たわわに広がったスカートも、同じく一杯に開いたペティコートも、脚にぴったりのストッキングも、何もかも身に着けたままだった。だから、彼が部屋に入って来たとき、それはダンスのレッスンの延長のようだった。そう、単にダンスの稽古の続きとして、彼は彼女に近づくと、膝まずいて、騎士がするような挨拶を交わすために、大輪の花が咲いたごとくに開ききったスカートのまわりに、両手を回した。彼女は自分の手を彼の頭の上に置いた。まるで女王がする、騎士からの敬服への答礼のように。彼は膝まずいたままでいたとき、彼女のスカートは満開の花のように咲き開いて、その花芯へのキスを許していた。

その一度のキスは、スカートという花冠のなかに封入して隠された。それからすぐに、彼は稽古場に戻ると、ピアニストに明日の時間の話をして、日当の支払いを済ませていた。その間、ジューナは着替えをしながら、着重ねるごとに、キスの温もりと彼女の震えと不安を、その一枚、一枚に覆い隠していった。

彼はすっかり小奇麗に整えて、外の戸口で待っていた。

「一緒にカフェに行きませんか？」そう言って、彼は彼女を誘った。

彼女は彼について行った。そこからほどなく歩けば、クリシー広場だった。いつも、人で賑わっていたけれど、その日は市が立っていたから一層活気づいていた。

回転木馬は、くるくると軽やかに回っていた。ジプシーらは、アラビアの敷物を掛けた狭い屋台で手相を占っていた。

職人たちは、射撃小屋で粘土の鳩を撃ち倒しては、女房たちへ持って帰れる、戦利品の切子ガラスの皿をせっせと集めていた。

娼婦たちは、周りに警戒しながらも、ぶらつくのを楽しんでいたし、そんな女たちを観て男たちも、からかいながら歩いて楽しんでいた。

そんななか、バレエ教師は彼女に語りかけるのだった。「ジューナ、（こうやって突然、先生が彼女を名前で呼ぶと、レッスン中に彼女の踊りを褒めるとき、彼女の体に置く、その彼の手の感触が蘇ってくるのだった）私は貧しい出でね。私の両親は南の小さい村で靴の修繕屋をしていてね。小さいころから鉄工場に働きに行かされたものだから、重い鉄材を運ぶ仕事のせいで、偏って筋肉がついて不恰好な体になる一方だったよ。だけどね、昼休みに、私は踊りの稽古をしたんだ。その昔から私はとにかく、バレエダンサーになるのが夢だったから、大きな炉の前の鉄の棒を使って練習したんだ。そうして、今では、どうだ！」彼は彼女に煙草ケースを見せた、有名処のバレエダンサーたちの名称がぎっしりと彫り込まれたケースを。「今の今日、」彼は誇らしげにそう言った、「ここに名前が刻まれたプリマドンナたち全員の相手役になってきたんだ。もしあなたが私と一緒になってくれたら、私たちはきっと幸せになると思うんだ。私は金持ちではないけれど、ヨーロッパの都市をあちこちと公演してまわれるんだ。私はもう、そう若くもないが、自分のなかにダンスへの構想はたくさんあるんだ。私たち二人一緒なら、きっと幸せになれるのだから……」

回転木馬が回っているのを見ていると、彼女のいろんな想いもいっしょに乗って廻り廻った。彼女がまだ小さい子供のころに、遊園地の木馬に跨って同じようにまわった時の記憶が蘇ってきた。それは、まるで空を飛んでいるんじゃないかしらと思えたぐらい、街から街へ飛んで乗りまわっているようで。賞品だの、花束だの、新聞の切抜きだの、有名に成る日を思いめぐらすのはたのしみで、密かに募らせているこの願いごとの全てをも、赤いショールをさぁーと、ほうり投げるように、心の底から解き放った。回転木馬の真ん中から決まって聞こえてくる、この浮き立つような陽気な音楽に乗って、私は自分の体が元気になっていくのを感じたし、同時に私の体は踊り始めるのだった。(そんな彼女とて、ずっと夢を追い求める女性の一人だったが、その体も一度はこっ酷い人生の仕打ちに打ちのめされて水没したのではなかったか。それが、どうだ、今また、水面に浮上して、不自由な体を持ってしても、あの見本市のお祭りのようなたのしい世界の中で生きているではないか。)

この身分の低い出の、単純な人にどう説明すればよいのか、どう説明すれば。私の中で何かが壊れてしまっているのだと。他の誰もが普通にできることなのに、私にはできないのだ、踊ることも、生きることも、愛することも。今、世界旅行でもしようものなら、私は必ずどこかで足を骨折するか、何か怪我をするに違いない。この内面の破壊は見えないようになっていて、他の人たちには分かってもらえないものだから、みんなに見て納得してもらえるような何かを壊してしまわないまでは、私はゆっくり体を休めたりしたくはないのだ。今の私のこの状態をどんなふうに説明すれば、あの単純な男《ひと》が分かってくれるだろうか。いつだって変わることなく、いたって快調にうまく踊れるタイプのバレリーナではないのだから、私は。私は転倒してしまう踊り子なんです。いつだってそうなんです。どうしようもなく、またいつものスランプに落ち込んでしまい、そうしたら、もう気持ちが散漫して、回る度ごとにテンポがずれて、体は引きずられ、軽やかさなんていうものがまるでなくなって、みんなからも遅れがちに動くから、もはや優美さは消え失せて、完璧な踊りからは千里も逸脱した、そんな踊り子なんです、私は。なんていうか、ものごとがうまくいかなくなるときが、あまりにも多すぎるんです、私の身の上には。私にはどうしようもできないことが起こるんです……仮に、どこか知らない外国に行くことになって、全く土地勘のない所のホテルに泊まるとするじゃありませんか。あなたはそのホテルの部屋で一人ぼっち。じゃあ、そういうときってどうするのかというと、下のパブにでも降りて行って、バーテンダーの人にちょっと声をかけてみるとか、いや、そんなことはしないで、黙って、目の前に置かれたビールのコップもそのままにして、新聞に目を通す格好をつけるとか。こういうことって、そんなにややこしいことではないわけです。ところがなんです、この私が一人で、そういう場面に居合わせたとしたら、事が起こるんです、決まって。つまり、子供たちが部屋にいて、突然電気が消えて真っ暗になったら、どうなると思います、その子たち。いや、子供たちだけじゃなくて、いろいろな動物がどう対処するかっていう場合も含めてです。そうでしょう、動物だったら、警戒して吠えたてればいいし、群れからの孤立に対するように遠吠えをしてみる手もあるでしょう。それに、子供たちだって、びっくりして、灯りを点けてって、お父さん、お母さんを呼ぶでしょう。なのに、だけど、そんなことできないでしょう、私は……

「私が尋ねたことに返事するのに、ずいぶん時間がかかるんだねぇ」とバレエ教師は言った。

「わたしは、そんなことができるほど強くないんです」と、ジュンナは言った。

「初めて君を見たときには、私もそう思ったんだよ。ダンサーの規律のある生活なんて、君には無理だと思ったんだ。でもね、そうじゃないんだよ。確かに君は、か弱そうに見えるし、そういう感じなんだよね、いろいろと。だけど、あなたは実に健康なんだよ。女性が健康かどうかって、皮膚で分かるんだ。あなたの肌は艶々してるし、透明なほど綺麗だし。もちろん、あなたは馬力が効くとは思わないが、あなたは、ひよわな人《ユンヌ・プティットゥ・ナチュール》なんだ。だけれど、あなたには気力と根気があるからね。それに、私たちが旅に出れば、無理はしないようにしよう」

音楽の途中で、回転木馬は急に止まった。モーターに異変が起きたのだ！　木馬はゆっくりと速度を落としていった。子供たちも歓声を上げなくなった。かしらの男は困ったなという顔つきになった。整備工が呼ばれて、まるで往診の医者のように、大きな鞄を持ってやってきた。

このお祭りの廻りくるような興奮は止んでしまった。

音楽が止まった時に、素人のハンターが粘土の鳩を射止めて、板張りの壁の下に射ち落とした乾いた音を、同時に耳にしていた人もいたのではなかったろうか。

孤児院のなかで、ジューナが紡ぎ始めた夢の数々は、そこでしか存在できない唯一の拠りどころのようなものだった。耐え難い、様々なできごとから、追っ手が届かないところまで跳び越えたり、自分の気持ちにおさまりきれない、いろいろな、そぐわぬ事態に対応するような自分に合うできごとをつくり出したり、いつだって、そうすることができる彼女の拠りどころの巣なのだ。そういう夢は、多様な世界から、さらにたくさんの世界を生み出していった。夜、彼女が眠りについたとき、この夢の世界がはじまる。昼間の続きの世界が出現して、行動を起こせば、つきものである難儀さが、今ならわかってくるのだ。時間が経てば経つほど激烈になり、こんな防御的なはたらきでは、無力だという判決を下されるのがわかるのだった。

その夢のなかでは、最初にいろいろな人たちや、あちこちの街並みが、ぱっと現れてきて、誰なのか、どこなのか、はっきりしているものも、どこか現実離れしているのだから。そういうものに、彼女の頭が憂鬱の熱に、魘《うな》されたイメージだった。薬で麻痺したような、走馬灯のように連続して出現する光景は、いろいろなできごとを映し出し、寒さにも飢えにも疲労にも、彼女を無感覚にしてしまうのだった。

彼女の母親がもう死んでしまう間際に、病院へ搬送された日のこと、弟が道で遊んでいる時に怪我をして軽度の障害を負った日のこと、孤児院で唯一男性の監視員の虐待に、彼女が屈した日、こういう日々は、彼女のなかにある、もう一つの世界の激化した気持ちを、しっかりと心に留めた時だったのだ。

こういったことがらを思い出して、今も彼女は涙を流すこともできた。しかし、それは麻酔を受ける直前に人は悲壮を帯びる、そんな感覚をともなっていた。つまり、麻酔が効き始めたころ、「まだ痛みを感じます」と言っている自分の声が聞こえるきわから、痛みをだんだん感じなくなってきて、体自体が覚えている単なる記憶から、痛いと苦痛を訴えながら、空白の奈落へと沈んで行く寸前の感覚なのだった。

彼女は泣きたくなるのを制する方法まで、見つけることができるまでになっていた。

孤児院では、鏡を所有することは許されていなかった。それでも、少女たちは、自分たちで鏡を作ったのだ。小窓の一つに、黒い紙を貼りつけただけの鏡だった。少女たちは一週間に一度、この鏡を取り付けて、順番に自分の顔を覗き込んでいたのだった。

ジューナの思春期の顔を、最初にちらっと見たのは、この黒い鏡の中だった。そこに映った彼女の透き通った皮膚は、まるで喪服をまとっているようだったし、まるで井戸の底の水面に写った顔のようでもあった。

この澱んだ黒い溜まり水に浮かび上がったような、自分の顔の第一印象を打ち消すのは、あれからずいぶん経った後でさえも、そう容易なことではなかった。

けれども、彼女は発見したことがあった。それは、泣いているときに、その泣き顔を鏡に映して見てみると、涙が止まるということを。泣き言は自分の身の上のことではなくなっていた。それは、他人ごとになっていた。

それ以来、彼女はこの力を手に入れた。どんな感情が彼女を略奪したり苦悩に落とし込めても、彼女はこの力を鏡の前にかざして見ることができた。そうして、その力からも自分を逸脱してみせたとき、彼女は悲しみを制覇する術を見つけたと考えるのだった。

彼女の部屋の窓の下を通る同い歳の青年がいて、彼は彼女の気を動かすのに十分な魅力をそなえていた。ほっそりとしていながら、意欲的な顔つきで、穏やかでみずみずしい眼をしていた。そして、その身のこなし方全てにやさしさが溢れていた。

彼女を幸せにするも不幸にするも、温かにするも冷えさせるも、豊かにするもみすぼらしくするも、彼のお通り次第というほどの魅力をそなえていた。彼がぼんやりと道の向こう側を歩いていたか、彼女の窓に沿った道側なのか、彼が彼女の窓を見上げたか、忘れて行ってしまったか、そういったことが、その日の彼女の気分を左右したのだった。

彼の振る舞いや身だしなみからして、彼のことを完全に信用しても大丈夫だと感じていた。だから、もしも、彼が彼女を戸口の所まで誘いに来たなら、迷うことなく、彼について行きたいと思っていた。

夜見る夢のなかに、彼が現れると彼女は溶けてしまった、彼のことで我を忘れた。彼を想う気持ちは、何が原因か分からずじまいの、ほとんど途切れることの無い辛い緊張感とは、百八十度違うものだった。

名も知らぬ青年のやさしさへの、この完全なる屈服は、公然たる反抗と恐怖と嫌悪などを表明した、彼女の男性との初めての遭遇とは対照的だった。

その男性は、少女たちから、夜回り男と呼ばれていて、ジューナが十六のころ、四十そこらの歳だった。彼は女主事の愛人だったものだから、絶大な権限を欲しいままにしていた。彼が彼たる属性は、この権限にあった。孤児院のなかで男といえば彼一人だったし、あらゆる特権も進物品の取り扱いも夜間外出の許可決定も、彼が一人で掌握していたのだ。

この唯一の役割は、彼にある種の高い威信を齎していた。彼は如才なく、信頼を得る振るまい方を心得ていたし、えこひいきのないように器用にさばくことで、孤児たちを、それぞれが好きにイメージするどんな人物像にも、彼を作り上げられるように、容易に適合させたのだ。

彼は背の高い人でも、茶髪の人にも、金髪の人でもまかり通ったし、ちょっと余裕が与えられたなら、ジプシーの占い師が予言する、あらゆる人相描きに受けて立つこともできた。

彼が、かなり嫌われ者の女主事のごひいきという周知の認識によって、上乗せされた痛快さを勝ち得ていたのだ。彼の寵愛を得るということは、彼女の権力に間接的な打撃を加えて、彼女の厳酷さに巧妙な仕返しを達成することになったのだった。

彼は、女主事よりも大きな権限を所有しているのだと、少女たちは見なしていた。というのも、女主事が誰かに屈服するなんてありえないなか、彼の叱責を受けて、彼女が頭《こうべ》を垂れている姿がしばしば目撃されていたからだ。

彼が選んだ少女は、他の女の子たちより、もっとずば抜けた美しさと魅力と権力を、直ちに授けられたと感じた。彼は、その勲章の決定者であり、鑑定者であり、授与者であるよう、任命されていたのだ。

夜回り男のご指名を受けるということは、お墨付きの王国の一員となることであった。これを拒む娘《こ》なんていなかった。

随分と離れていても、彼の足音をジューナは聞き分けることができた。彼女が知っている誰よりも、より規則正しく、一歩、一歩、立ち止ることなく、歩調が乱れることもなく、同じ歩幅で歩く人に思えた。どんな懇請にもいちべつすることなく、容赦なく彼は廊下を前進した。他の人たちなら、足止めされるか、さもなければ、回避して逃げることができただろう。しかし、彼の足取りは、完全無欠の権勢そのものなのであった。

ジューナが一人で、この同じ廊下を通っているだろう時間を、彼はちゃんと把握していた。彼はいつも、そんな彼女のところへやってきて、一ヤードの間隔もない、むしろぴったりと彼女の脇に張りついてきた。

　ちらりと見る、彼の目線は決まって、彼女の胸元だった。すると同時に、二つのお決まりごとが起こるのだった。まずは、彼がまるで彼女の乳房に捧げるかのように、目と目を合わさずに、プレゼントを差し出してくるのだ。そうしてから、次に、彼は耳元で囁くのだ、「ぼくの言うとおりにするなら、今晩、外出させてあげるよ」と。

　もちろんジューナは、彼女の部屋の窓の下を通る、あの青年のことを想った、外で彼にばったり会って、彼に話しかけられる可能性に、心臓が激しく鼓動したし、彼への憧れの気持ちを今一層感じたし、彼の眼から溢れるやさしさの温かい潤いはあまりにも熱烈だったので、どんな犠牲にもいとめはつけないと思ったからだし、彼女がこんなにも慕い心を寄せているのだから、もし、彼がこの場の状況を知ったなら、彼は彼女を救ってくれるだろうし、彼に会うためには、この機会をのがしては他にあろうはずはないし、権威への、この譲歩以外に、権威を打倒する道は他にないのだからと、ジューナは考えたのだ。

　この交換取引に反抗はありえなかった。夜回り男の立ち姿自体、有無を言わさぬ、その身振り手振りの要求は、彼女の問い掛けなどありえない、彼の意思の全てであったし、同時にそれは彼女の、あの父親の欲するところの延長なのであった。目の前に権利として要求してくる男がいる、そしてこの孤児院の外には、何一つ要求しない、心やさしい青年がいるのだった。しかも、彼女が全てを捧げたいのがその青年であり、彼の沈黙さえ信用していたし、彼の歩き方そのものにも全信頼をおいていた。一方、この目の前の男には、信頼のかけらも持てなかった。

それは領主の特権《ドロワ・デュ・セニョール》だった。

夜回り男が差し出したブレスレットを、彼女は艶の褪せた木綿のワンピースの上から腕に通した。すると、男は言った――「ワンピースがみすぼらしければ、みすぼらしいほど、君の肌は、ますます、すべすべして見えるよ、ジューナ」

何年も後になって、ジューナは、この夜回り男のことを忘れてしまってから、随分と時間が経ったものだという気がした。時として、彼の重重しい足音が聞こえてくるようで、そうすると、彼の面前で幾度も経験した、あの同じ気分に陥る自分がふっとよみがえってくることもあった。

もはや子供ではないが、それでもなお、この気持ちを未だに持ちあわせていた。

彼女より強い権力者に圧倒されてしまうかもしれない、罠に嵌められてしまうかもしれない、どういうわけか自分を解放することができなくなりはしないか、男の絶対的要求から逃れられないのではないか、という気持ちを。

　男の人の手のうちにあって、彼女の最初の負けは、あの父親が、専制君主的権力の前には無力なのだという確信を、彼女に齎したことに端を発していた。今、現実に、彼女はもはや、無力ではないことを認識しているにもかかわらず、この無力さの痕跡があまりにも強烈なために、いまだに、年配の男性の所有欲や強情さが、恐くてしようがないのだった。彼女の過去への、この退行に、男たちはつけ込んで得をすることになっていたし、同等ではない権力といったものを、彼女は嫌というほど知らされているがために、結局、男たちは彼女の強気さえも踏みつけることができたのだった。

　これは、成熟しきっていないことを意味しているようなものだった。船に例えるなら、密閉された一区画を占める狭い領域、そんな一部分だけが、未発達というわけだ。つまり、彼女の洞察や、物ごとを解釈していく能力は成熟していたけれど、彼女のある部分は、いつまでも大人になりきれず、子供のころに、衝撃から確信したことがらを持ち続けていた。男性と権力が一体になった状況は、それを制覇しようという、個人の最大限の能力よりも、もっと強いということ、この考え方に終始囚われるという犠牲を払う運命を、ジューナは確信していたのだった。

他人が持つ巨大な権力への確信が、不運な運命そのものになってしまい、挫折の原因となってしまうことに気がついたのは、ずっと後になってからにすぎなかった。

ただ何年もの間は、大人の男性の権力の手のうちで、害され打破され続けてきたから、あのやさしい信頼のおける青年が、彼女のもとにやって来て、横暴な過酷さから、彼女を自由な身にしてくれるのを、待っていたのだった。

リリアンのピアノコンサートが、庭で催されているのを、窓越しに見ていたあの日以来、ジューナはあんな庭をいつか自分で持ちたいと願うようになっていた。

そうして今、彼女は、パリの外れ、中心街と広場の間に在る大層古い一軒家に一つの庭を所有していた。

しかし、単に大きな庭を獲得して散歩したり、くつろいだりするだけではものたりなかった。

庭には、さらに、人の生活感がなくてはならないと考えていた。

今ある庭のままでは、彼女は実生活を表していけないと気づいていた。

彼女の内面にある、激しい感情や落ち着かない不安が、庭にあるべき生気をむしばんでいた。

庭に置いた安楽椅子に、足を伸ばして腰掛けていても、彼女はちっとも心安らかにはなれなかった。

芝生は誰かの歩みを待っている、慌ただしい出来事に、ばたばたと踏みつけられるためだけの絨毯に、あまりにもそっくりだった。

木々の生育のリズムが、あまりにものろのろと遅くて、葉は、そよとも音をたてずに散っていった。

幸福とは発熱しないことだった。その庭には熱気が無く、彼女の切迫感に見合う緊張に欠けていた。彼女は、木々や草花と、気抜けた雰囲気と、静寂と、一体化することができなかったし、親身に語り合うこともできずにいた。彼女の体内の脈拍と正反対だったのだ。太鼓が熱っぽい時を打ち鳴らすような、彼女の体内の脈拍は、あの庭の脈動と一拍なりとも一致しなかった。

秋を待たずして、彼女の内なる木々は、葉を落とした。想定外の悲しみに、早々と葉を剥ぎ取ったのだ。彼女の内面では、木々は、その新芽を出すのに、春を待つことなどなかった。温室栽培に向いた木々は、大げさにも、時節はずれな狂い咲きをする始末であった。その庭の気だるいムードとは裏腹に、彼女の心の中では嵐が吹き荒れていた。自然の力を逸脱した破壊力だった。

平穏にと、庭は言った、平穏にと。

自動車が玉砂利の上を入ってくる音で、いつも一日が始まった。

フランス人の女中が鎧戸を開け放つと、一日が始まることを許された。

車輪が玉砂利を踏み鳴らす最初の音とともに、シェパード犬が吠えたて、教会のカリヨン〔楼鐘〕が響き渡るのが聴こえた。

車は、緑色の鉄の、とてつもなく大きな門を通って入ってきて、その門は女中によって、半ば儀式のように開けられなければならなかった。

この大きな門の横手にある、子供のような小さな門から、みんなは行き来した。小さな門は、半分蔦で覆われていた。蔦のつるは、お父さん門の方には、延びていかなかった。

ジューナは自分の部屋の窓から、この大きな門を見下ろすとき、監獄の門のように見えるのだった。不当な気持ちを感じるときだ。なぜなら、彼女自身が望むなら、いつだって、その場所から出ていくことが、できることは分かっていたからだ。人間という者はおおむね誰しもが、障害物はその人の自己の中に在るのに、障害になっている責任を、物や人に負わせてしまうことを、彼女は知っているからだった。

この認識があるにもかかわらず、内なる障害物は、外の世界でなら、解き放たれるのに、という省察を得ようと願わんばかりに、ジューナは窓際に立って、黙想にひたりながら、閉ざされた大きな門を、じっと見つめていたのだった。

その重要性を彼女はあなどっていた。あの大きな門ときたら、生意気なキーキーという音をたてながら、きしるのだから！　あの門の錆ついた声のような音は、不協和音でぎっしり詰まった見せかけなのだと。どんなに油を注《さ》しても、そのリューマチを緩和できなかった。なぜならば、門には門の、その門ならではの錆に、歴史上の誇りを持っていたのだから、何せその門は百歳になっていたのだから。

しかし、その脇の小さい門には、走って来た子供の額にかかった、乱れた髪の毛のように、蔦が垂れ下がっていたし、眠そうで悪がしこそうな感じで、きっちりと錠前が掛けられたこともなく、いつも半分開けっ放しの門という風だった。

　ジューナが、この家を選んだ理由は沢山あった。家は年期の入った古い庭と深く調和していて、一本の木のように、大地から生えでたように見えた。家には地下室が無かったので、そのぶん、全ての部屋が、地盤と直に接して建てられていた。絨毯のすぐ下に、彼女が感じとったのは、その大地だった。人はここに住み、根を張ることができた。家と庭と一体感を共有し、植物のように、家と庭から養分を吸収することができた。

　家の正面は、蔦に覆われた四目格子が、左右対称に取りつけられていて、全部で十二の窓からなっていたのも、彼女がこの家を気に入って選んだ理由の一つだった。けれども、一つだけ、どの部屋にも通じていない締め切った雨戸があった。繰り返された改築の際に、壁で塞がれてしまったのだ。

　どの部屋ともつながっていない、この窓が、足を踏み込めないこの部屋が、ジューナがこの家を選んだ決め手になった。いつの日か、入り口を発見したいと思ってのことだった。前庭に、かつては水が張ってあったろう水盤と、密閉された井戸があった。ジューナは、水盤をもとに戻し、古びた噴水を掘り出して井戸を開き、水を通した。

そうすることで、水流が再びめぐり、家は生き返ったように彼女には思えた。噴水盤には飛沫《しぶき》が上がって華やかになり、井戸の底深くに水がたたえられていた。

前庭の半分は刈り込まれ、一般的なフランス式庭園の様式に整えられていたが、以前の家主が裏庭を伸び放題にしていたので、ちょっとしたジャングル状態になっていた。小川は、はびこった草がおおいかぶさり、ほとんど見えなくなっていて、小ぶりな橋は、小さいガラス鉢の中の日本の太鼓橋のようだった。

裏庭には一本の巨木があったが、その木の名前を知らない彼女は、黒く毒毒しい実をつけることから、インクツリーと名付けた。

ある夏の夜、彼女は中庭に立った。家中の灯りが燈されていた。

一つの窓を除いて、ほか全ての窓から光が洩れてる、このイメージから、たくさんの自己という部屋に分かれた、自我の表象を見て取った。ある部屋で実行されると、また他の部屋でも活動が起こる、それは、人間のある部分で今起こるかと思うと、又、別な部分で起こる経験の模写のように思えた。

感情の部屋は中国塗りの深紅に、理性の部屋は淡い緑に、哲学の部屋は鳶色に、肉体の部屋は真珠貝の桜色、押入れに詰まった思い出の屋根裏部屋は、過ぎ去った日々が放つ麝香《ムスク》の香り。

夏の夜に家が炎に包まれる夢を見た。きわ立つ情熱が沸きたち、深みのある経験をしたときの、自我のなかの全ての小室に、灯りがつく瞬間の時のようだった。充実感に溢れる夢、この夢が家中の部屋と彼女自身の自我を、一度に燃え立たせてくれることを熱望した。

彼女の自己のなかに、鎧戸の下りた窓が一つあった。

彼女は、その古風で優雅な館で、よく寝つけぬ夜を過ごした。

彼女はかき乱されていた。

彼女は暗闇でもいろいろな声が聴こえた。互いに矛盾し、複数の言語で語られる、彼女の内なる声を明瞭に聴き分けられる日々には、暗闇でも聴こえたのだ。過去からも、現在からも、語りだす声、自覚している声、つまり、生きている一歩、一歩を記録している自己を、会話する声なのだ。

ずいぶん昔に、言い張って聞かない子供時代の彼女が、今また、発掘された声で言った――わたしは、信じられないほど最高なものが欲しいの。

そうかと思えば、大人の人間としてのジューナが、低い気取らない声で言っていた――私は愛が欲しいのです。

ジューナの中の芸術家が言っていた――私は驚くべき、すばらしいものを創り出していきます。

こういう切なる願いがお互いに衝突しあい、互いに傷つけあわなければならないのは、どうしてなのだろう。

朝、人間ジューナが、暖炉の前のカーペットに、腰を下ろして座り込み、繕いを終えたストッキングを畳みこんで、小さく仕分けられた箱の中に入れこんでいた。綻びていない、きれいな一足のストッキングは、特別な日のおでかけのために残しておきながら、彼女の頭のなかの手狭な箱にも、数あるできごとを、同時に仕分けして押し込んだ。分類して、(この時、どさくさに、辛いできごとを隠しておくという重要な秘策があった)分配して、そうして、整理しなおすのだ。ひとことを念頭にかざしながら。多種多様な見方なんてしょせんは流砂《クイックサンド》、常に流動的で移動する、変幻自在な宇宙という、ひとことをだ。

この誇大な感覚、それは例えば、やって来る愛のために準備すること、天蓋を広げたり、儀式用の敷物の巻きを解いたり、愛顧を賜る恵みを信じきることや、つまり愛の到来に必要な完壁さなのだ。

それはあたかも、驚異的な世界を宿すためには、彼女自身がまずもって、驚異的世界を創造しなくてはならないかのようだ。この名誉ある客人を迎えるために、驚異的世界が適切に、彼女に生じることを考えながら。

異国趣味に凝りすぎてやしないかと、まがいものに抗議する声がするのだった。あまりにも入念な歓迎にくわえて、やたらと飾り立てた身なりといい、まるで愛は、法外な要求をしてくる客人でもあるかのごとくに。

彼女は、嫁入り道具を準備する永遠の花嫁のようだった。たいていの女性が縫いものや刺繍をしたり、自分たちの髪の毛を巻き毛にしたりしているときに、彼女は、自分の内面の都市を装飾することに余念がない、壁を塗り替え、模様替えをして、すばらしい愛の到来のために、入念な舞台装置を調えるのだ。

支度を整える、この気分に浸って、彼女の王国である家の中を、滞りなく、合格点が出せるかを見てまわった。湿気から壁に付いた浸みを新しいペンキで塗り替え、バリのワヤン〔インドネシアのジャワ島やバリ島などで、水牛の革で作った操り人形を、石油ランプのもと白いスクリーンに照らす影絵〕のように、影絵を映し出すランプを吊り下げたり、ベッドは掛け布でおおい飾り、暖炉には薪をくべて、曇った家具が、また輝くように磨き上げるのだった。オルガンに、様々なパイプが設えてあるように、一つ一つの部屋は、それぞれの色調を持ちあわせて、ありとあらゆる雰囲気をかもしだしていた。熱情には塗りの深紅、秘密の打ち明け話にはうす墨色、たくさんの扉や廊下や階段のそこここに、彼女の感情の奥行きと、この家の様々な不雰囲気を放っていた。

オランダ風の絵画に描かれた、オランダの室内の輝きにとどまらない、照り輝きを放出するまでは、満足しなかった。完璧な光であり、フィレンツェ風の絵画から出る、金の埃について、ジェイが論じる経緯に至ったような、光輝に他ならない輝きでなくてはならなかった。

ジューナは、微動だもせず無言で、わたしの家が、わたしに成り代わって言葉を発してくれると、感じながら立っていた。わたしの家が、わたしはやさしくて愉快な人だと言ってくれる。わたしの家が、言ってくれるでしょう。わたしの内面に、肉体や中国の塗りや、部屋を歩きまわるための翡翠色、灯りの燈った蝋燭、暖炉には火が、影絵があり、空間があり、開け放たれた扉、雨戸、そして、空気の流れのことを話してくれる。わたしのなかには、色彩と温かみがあると、話してくれる。

家がわたしの代わりに、発言してくれる。

人たちはやって来て、彼女のまじないに魅せられた。しかし、呪文というものがみな不思議で、かつよそよそしいように、彼女のにも、温かみはなく親近感に欠けていた。この家には、人間味が一かけらもありはしないと、彼らは思った、人間が、ここには生活していないと。この家は、あまりにもこわれそうで、なじみのないところだ。彼女の指には、埃ひとつ、ついていなかったし、ひしゃげた釘も落ちていなければ、擦り切れたものや破れたものが、ころがってはいないところだ。

それは架空の家だった。

来た人たちが感じて、味わって、嗅いだ、という儀式が存在していたにすぎなかった。彼らの自宅での嗜好や臭味と違いすぎた。彼らは今、現に、この家に来たことから疎外された。彼らは当座、臨時の客たちにすぎないことを、思い知らされるのだ。うちと同じような、遠慮気兼ねのいらない景観が、全くなかった。ここを我が家と、どうぞおくつろぎくださいね、というしるし一つ見あたらなかった。

誰しもがみな、儀礼通過と感じたことは否めなかったし、この家に、ゆっくりしていてはいけないのだと感じた。彼らは外国を訪れている観光客だった。それは、遠い国への旅であり、帰りつく港ではなかった。

化粧室の中でさえ、炭酸水、ひまし油、コールドクリームといった薬瓶が、はっきりとわかるように、棚に並べてあるわけではなかった。彼女は、そういうものを全部、錬金術師の瓶と総換えしてしまっていたから、常備薬が魔力を持った薬、つまり媚薬ではないかと思わせる気配を漂わせるのだった。

これはひとつの夢なのであって、彼女はひとりの案内人なのだった。親しい間柄になる者は皆無だった。

男性による追跡から巧みにかわすために、探偵たちによって張り巡らされた、多岐にわたる地下道と同じぐらい確実に、個人の孤立をかもし出す、いろいろな家屋や衣服が備えられていた。

人を誘惑し、おびき寄せる、いろいろな部屋や、様々な衣装こそ存在しても、結局は隔たりを設定してしまうという格好の手段であった。

ジューナは自分の本質的な願いが何だったのか、はたまた、彼らにどこまで近づいてきてほしかったのか、まだはっきりと、思い至るには及んでいなかった。彼女は明らかに、彼らを呼び込んでいたのだが、同時に、矛盾する気持ち――大きなアンビヴァレンスのせいで、彼らに踏み込まれすぎて、侵害され征服され所有されてしまうかもしれないという不安から、彼女のなかの凡人たる人間の態を装い、穏便に普通にすることによって、危険のない状態でいたかったのも、確かなことだった。彼女は侵略に備えて、巧妙な砦を築きながら、魅力的にして懇願するような舞台をも、しつらえたのだった。

誰も懇意になるほどには、近づいてきはしなかった。彼らが帰った後、一人彼女は座りこみ、まるで、みな来なかったように、寂しく見捨てられたように感じた。

夢を見て目覚めた日の朝はいつだって、誰しも一人ぼっちなのを、痛感するのと同じだった。魔法の建造物よりもっと小さくて、簡素な何か、彼女の凝った身なりのまま、準備した家のなかですすり泣くのは何なのだろうか。

なぜ、彼女がもの足りぬまま、置き去りにされるのかわからなかった。

夢は正夢となった。夢が完璧なできごとであるために、あらゆることが寄与された。彼女の寡黙ささえも一助となった。言ったところで、さして意味のないことは、喋ろうとはしなかったからだ。つまり、夢のなかの沈黙、致命的なできごとが起こったときに、決定的な空言なんて夢の最中にはありえない！　無駄口はたたかないのが夢のなかであるように。

翌日、彼女は気づくことなく、新らしい一日を始めた。

彼女なりのささやかな奥義を、ささやかながらの変成を生み出そうと、飲み薬を不恰好な薬瓶から錬金術師の瓶に注ぎ換えた。

不眠症。夜はいつも長い。

それは、わたしの夢と同じだと言って、その夢の脈略の糸をたぐりよせ、夢の解釈を話してくれる、誰がこんなことをしにきてくれるだろうか。

いや、夢という夢これみな、人ひとりでつくられるのであって、同じではないのか。

不眠症の、寝苦しい、熱のこもった寝床に横たわり、そこにいるのは、夢に騙された人間だった。不眠症は、人が寝ずの番をしなければならない夜にやってきた、人が大切な訪問者を待って、まんじりともできぬ晩に。

どの人も、踊り子が軽やかに踊っている姿を見ていたが、その娘がよろめいて、躓《つまず》いたのに気がつかないのだ、とジューナには思えた。愛することも、踊ることも、信念を持つことも、その道に手慣れた者特有の難局ごときに、感づいてくれる人や共感してくれる人は、一人もいなかった。

彼女が倒れるときは、あの青春時代のときにそうだったように、今もまた、一人ぼっちで挫折した。

彼女の青春の全てが、柔弱さと意志の強さの間《はざま》で、ぐらつきながら続けてきた、あの少女時代の気持ちを思い出していた。彼女は、さらに思い出すことがあった。自分には背負いかねるほど大変な困難に巻き込まれると、いつだって、あの青春期の状態にすぐ退行してしまうことを。それは、大人の広い世界のなかにあっては、問題が圧しかかるように現れてくるとき、見たところ、世間とは凶暴で危ない世界なのだと思われた、少女の体に戻って縮みこんだかのようだった。彼女に、強いて身を引かせて退いた先から、小さい少女時代に逆戻りしたかのように。

愛への懐疑という青春の砂漠地帯に逆戻りした。

彼女に必要とされている人柄を、創り上げようという活力を、もはや持ちあわせていない、時代遅れの魔法の細い杖のように、携帯した防寒用の毛皮のマフに両手を入れて、雪が降りしきるなかを歩いていると、まるで積雪の砂漠地帯を、歩み進む自分の姿と重なりあった。

彼女の体は毛皮に覆われ、彼女の鼓動の音は彼女の足跡のように消されて、それこそ重厚な絨毯に助けられるように、生きていく苦痛は抑えられた。一方、右に左に、あの雪の上に散在した足跡みたいに、どこへでも導くアリアドネの糸が、彼女の追憶のなかで引っ張り寄せられて、彼女自身も、この糸をたぐり寄せ始めた。信じられないほどのことが起こった日には、絹糸を、いつだって少々カビ臭いパンを食する日常には、木綿糸を、糸巻きに巻いていくように。するよ、よその家々から、糸の無い木製の糸巻きが、床に叩きつけられる音が聞こえてきた。

おびただしい縺《もつ》れをほぐすために、絹糸なり木綿糸なりを引っ張っていたので、彼女の指は傷つき出血した。いや、これは、アリアドネの糸が、心の痛手をさしまわしたせいだったのだろうか。

血で染まった、その糸が、彼女の指をするりと抜けて落ちた雪の上は、もはや真っ白ではなくなった。

きつく、きつく取り巻かれた、想い出の数々を彼女が解《ほぐ》していた糸巻きの上にも、大層な雪が積もっていた。青春時代の断崖に、深く硬く積もり積もった雪を、彼女が、今、かき分け払いのけようとしたわけは、あの男性の欲望が、彼女の人生を開花させるような、魔術的なやり方を見出してはくれなかったからなのだ。

彼女の本性を開花させた唯一の言葉は、ふつうの人たちが、そうめったに口に出すことはしない、包み込まれて創られる、詩人たちの言葉であった。詩人の言葉だけが彼女の心を理解し、心深く感動させたのだ。懐疑心で武装した、しろがね色のヤマアラシのような制服を着た門番たちを、起こして怒らせないようにして。彼女の様々な気持ちと思いが詰まった、秘められた心の奥底に通じる道を、阻もうとする門番たちを。

ほとんどの人たちの前では、ほとんどの場所では、たいていの状況においても、ほとんどの言葉をかいしても、十六歳にして、ジューナの本性は隠者のごとく無言に閉ざされていた。門番が怒り立った——誰かが近づいて来ている！　気づかれようものなら、彼女の内面の自己への通路は、どれもこれも全てを閉ざしたのだ。

あの番人たちが、彼女の見張り番ぐらいでは、いかに満足していなかったか、今日、大人の女性と成って分かることができた。つまり、彼らは優しげな、はにかみを装った顔の下に、文字通りの砦を、不安の種を土台にして造られた兵器を隠し持ち、覆いで隠された銃穴を設けた砦を、築いていたのだった。

彼女の若い肉体のまわりというまわりに、夜な夜な、雪が降り積もっていった。寒くて血の気のない青白い顔色で、パリパリという音をたてて氷上を踏みしめる、そんな雪に閉ざされた青春時代。

彼女とつき合いたいと請うた青年たちは、彼女の暖かいまなざしに誘われながら、そういう奥に控えた粗暴な抵抗を目の前に突きつけられて面食らったのだ。

思わせぶりな誘惑からの単なる逃走では、もはやなかった。これは雪で固められた砦だった（凍ってしまった縁日の、雪で閉ざされた夢を飲みくだす人のためなのだから）、臆病からできた溶けることのない雪の砦。

それでいて、彼女がマフに両手を入れて、防寒して歩いた時はいつだって、二人の若い女性が連れだって歩いているのに気がついていた——一人は侵入に備えて、落とし戸をつくっておく作意に決している、もう一人は、ひとりぼっちにならないように、誰かが入って来てくれる玄関を、見つけてくれるようにと願っている。

そして、それはマイケルがやって来たときだった、彼の足取りも彼の言葉も、すごくやさしくて、彼の足音が彼女には、まるで聞こえないかのようだったのは。狩をする人の歩き方や言い方ではなく、戦士のそれでもない、年配の男の人の勝手な踏みこみでもなく、父親の支配的な闊歩ではなく、兄弟の、もっと親しみやすい歩みであって、彼女が知りえている、どの男の人のものとも違っていた。

たった一歳、彼の方が年かさだというだけで、彼は彼女の蒼白地帯に歩み入って来た、しかも、その足踏みの軽やかさがすばらしく、彼は門番たちに足音ひとつ聞かれなかったとは！

彼は、傷つきやすい年ごろの歩き方で部屋に入って来た。様々な繊細さを織り込んだ絨毯の上を、そっと、やさしい足取りで入って来た。

彼は、苔を踏みつぶしはしなかったし、砂利は、彼の足なら下敷きになっても文句の音はたてなかったし、草木も、しなったり折れたりしなかった。

それはダンスのような足取りだった。彼のステップが齎すやさしさと、彼の、相手の歩調と合わせるのにたけた感覚が、空中へ、空間と静寂の中へと、舞い上がってメヌエットを舞った。

彼の若葉色の瞳は、あらゆるリズムに合わせて動いたし、ハーモニーを保つよう、心づかいを行き届かせていたし、不一致を気づかっていたし、パートナーが、どう動こうとしているのか、その意向に過大な心配りをしてくれた。

彼のステップがつくる通り道は、彼のビロードのような柔らかな言葉を、彼女の睫毛《まつげ》の間に不思議な力で運んできた。しかも、彼女が彼の来訪をしかと気づく前に、すでに、彼のやさしさは、あの蒼白な気候地帯に完全に入り込んでいたのだった。

霧がかかったような青春は、まだ、裂き開けられてもいなかったし、彼の入室に、まだ当惑さえしていなかった。

彼は、自作のいくつかの詩と敬愛と、花屋から注文したのではなくて、学び舎の近くの林で摘んできた草花を携えてやって来た。

彼は略奪とか、占有とか、圧倒するためにやって来たのではなかった。壮大なやさしさを伴なって、彼女の本性の中で快く受け入れられる領域に、彼女の内面の心穏やかな環境に向かって移って来たのだ。そこは、ボッティチェッリ〔イタリア、ルネッサンス期の代表的画家、『春』は一四七八年の作〕の春を描いた絵のなかのように、緑を背景に、白い花々が自生している風景と、同じようなところなのだった。

彼が入って来た際に、彼女は頭をほんの少し右側に、もたげたままにしていたが、彼女が一人でいる時というと、もの思わしげに、やや下向きになっているのだった。ところが、別な場合には、少なくとも見知らぬ人が近づいてくるような時は、危難に備えて、彼女の頭は自然と、ぴんと張りつめて正面を向いていたのだった。

それでも、彼は城砦の背後に広がる花園とおぼしき領域に入り込んだのだ、礼儀という壕の全てを、いとも容易く渡り超えて行きながら。

彼の金髪は、おおよそ、たいがいの伝説の人物たちに特徴的な、黄金を基調にしたものだった。

彼が発している太陽光は彼自身から出ているのか、彼女が夢みた彼の像によって、彼に投影されて出てくるのか、ジューナにはどうにも分からなかった。後になって彼女が気がついたのは、彼女が、もう愛することに止めをつけた人たちからの、光の撤回分だったということだ。二人の人間が、婚姻関係から発する、科学反応的閃光や燐光らを放出するこだまを、互いに、問いつ問われて感じていく気持ちによって、一つに織り込まれるものなのかどうか、はたまた、一人がもう一人に、そして互いに、自分の内面の夢にスポットライトを投げかけるものなのか、彼女は知る術もなかった。

はかないものか永久的なのか、内面的か外界的か、個人的なのか魔術的なのか、とにかく今は、この光が両人の上に降り注いでいて、二人だけの世界に隔離し、二人を眩く照らし、またがる光の輪の中にいる、お互い二人にしか目に入らなくなっていた。

彼女の、はにかみで詰まった繭を通して、彼女の声は、ほとんど聞き取れなかったのに、彼には、その声のあらゆる変化が聞こえていたし、その声が耳にある迷宮の袋小路の先に身を潜めているときでさえ、その声の、様々なニュアンスを、じっと聴き取ることができたのだ。

世間とのかかわりには隠しごとが多く寡黙な彼女は、光の輪になぞらえた私的な交友の内部に、ひとたび置かれるや、意気揚々と嬉しく情熱的になるのだった。

二人を囲い込んだ、この光は彼女に親しみがあり自然なのだった。

二人の動きは、若さゆえに、未だに自分たちの欲望を向こう見ずにも逸脱したもので、二人は一緒に踊ったけれど、互いに相手を受け止めながら踊るのではなかった、むしろ、メヌエットの舞踏なのだ、つまり、占有しないことの一致に照準を当てるのであって、抱きしめることなく、袖触れ合うこともなく、二人の体の間に、最大限の空間と距離を保っておく踊りなのだ。ぶつかり合うことも合体することもない、合意のもとに動く踊りなのだ。ぐるりと一周、互いに回り、うやうやしく互いにお辞儀をし、互いに共通したばかげたことがらを一笑して互いの動きを真似てみたり、一体になることなど決してありえない、双子の影を壁に投げかけて踊るのだ。一体になるという、この危険を遠回しにして踊った。それぞれの踊るルートを保持して踊った。相手のなかで自分を失うことのない、並行論的動きなら許容する踊りだ。ステップごとに夫婦気取りを演じてみたり、二人で一緒に一冊の本を読んだり、情欲の縁からするりと抜ける踊り、ただし、この輪に火を点けようとする核心に触れること無しの踊りだった。

占有されない、しない、巧みな踊りだった。

マイケルとジューナはかつて、あるパーティーで初めて出逢ったそのときに、互いの体つきを脳裏に焼きつけて、最初の姿かたちを決して忘れることはなかった。ゆったりと穏やかな身のこなしと、やさしく流れるような笑い声の長身の彼を、彼女は眼《まなこ》に写し撮っていた。彼女は隅々までを眼に入れた。象牙色の肌、光沢のある金髪、競走にもランニングにも跳躍にも、隅々に至るまで贅肉などの無駄はない、ほっそりと作られた肉体、後世にあるもの全てが壊れものであるかのような触れ方をする、柔らかいタッチの十本の指、恨みや嘲りは口にしない緩やかな抑揚ある声、まわりの人のきつい言葉には、いつだって、その瞼の上に散り落ちて揺れる両方の睫毛。

彼は心奪われた、彼女の長く揺れる黒髪に、くるくると、よく動いて少し吊り上がった青い眼に。機敏に幕を下ろす瞼にも素早く笑う、その眼だが、ほとんどいつも渇望にとりつかれて、写し鏡のように光を吸収して、きらきらした眼にも心奪われた。こういうイメージを人びとに齎す自分の瞳を彼女自身もわかっていて、あるがままにしていた。その眼のイメージは人びとの心に定着し、鏡に映る見姿のように、いつかは消えて見えなくなるなんてことには、ならないと思えた。人の心をとりこにする、その鏡に映った似姿もさることながら、彼女による、様々な顔と話との、彼女の重厚な聖餐のために、表情と言葉を喉奥深く飲み干すさまにも、人びとは彼女の渇望が感じられて仕方がなかった。

ジューナは言葉の使い方だの喋り方などに、とやかく言うことは決してなかった。彼女はいつも、マイケルが初めて彼女を見た時のままでい続けた。それは、水の精、ナイアスのような巻き毛の髪をなびかせて語る女《ひと》、彼女の小刻みにまばたく睫毛、少し傾げた頭、曲線美がつくる優美なくびれ、そして、凝った表現力のある綺麗な両脚。

彼女は、ここが痛い、なんて口にするようなことは決してしなかった。そういうときには、むずかる子供をあやすかのごとく、両腕を患部に伸ばし、痼癪を起こした神経をゆりかごに入れて揺らすようになだめるのだった。彼女は、わたしは恐い、なんて口にするようなことは決してしなかった。そういうときには、つま先立って忍び足で部屋に入り、奇襲に備え全身眼にして警戒態勢をとるのだった。

彼女はその時すでに成るべく踊り手だった、彼女の身のこなしが、それを雄弁に物語っていた。

二人は一度会ったきりだったが、その後、彼は大学に戻るが早いか、彼女に何通もの手紙を送り始めたのだ。

この手紙のなかで彼は彼女に、古代エジプトの女神イシスに、ギリシャ神話から月と狩猟の女神アレトウサに、アーサー王伝説からイゾーデ〔イングランド、コーンウォール王マークの妃。円卓の騎士トリストラムとの悲恋で有名〕に、はたまた七人のミューズ〔カリオペ、書板と鉄筆を持ち叙事詩を司る女神。クレイオ、巻物入れを持ち歴史と英雄詩を司る女神。エラト、竪琴を持ち抒情詩を司る女神。エウテルペ、笛を演奏し、音楽と叙情詩を司る女神。ポリュムニア、瞑想と思考に耽る讃歌を司る女神。テルプシコレ、竪琴を手に持ちながら踊り回る舞踏と合唱を司る女神。ウラニア、杖を持ち、天文と占星術を司る女神〕たちになるよう指名した。

これらの全ての女神の顔を持つ女性にジューナはなりきった。

奇妙な書き落としなのだが、冥界にて死者を裁く神オシリスにも、アーサー王円卓の騎士トリストラムにも、どの仲間や遂行者誰一人にも、彼自身の指名は無かったのだ。
神話に因んだ衣を、彼女が彼の身に纏わせようとすると、彼は落ち着かなくなるのだった。
休暇中に彼が彼女を訪ねてきたが、二人は人間として触れ合うことは決してなかった。握手することさえなかった。歴史上の人物としてとか、文学作品に準じた恋人たちの役まわりになりきるのが、二人が一番踏み込んだ関係で、通じ合えると知るに至ったかのようだった。指先でも直に触れようものなら、この現実世界を、破裂させてしまうのを悟っているかのようだった。

　互いに代理を立てることで、二人は人間としての本当の自己とのかかわり合いに、ますます距離をあけることになっていた。

　ジューナにとって、これは心配の種にはあたらなかった。彼女はこれを女性らしい優しい見地から考えていた。つまり、マイケルが創りあげようとしている世界は、とある神話的な大木に、巨大で上出来で、しかも荘厳な巣を建てていたのにすぎないのだ。そして、いつか、彼は彼女の手を取って完成した巣のなかに招き入れてくれるだろう、彼の幻想的イメージを凝らし美しく装飾された衣装に身を纏い、彼女を抱き上げて、その敷居を跨ぐのだ、そして、彼は言うだろう、「さあ、ここが我が家だよ！」と。

この一部始終は、ジューナにとって、おおいに上質な求婚行為であった。それだから、ジューナは、その究極の目当てなり最高潮の目的が何か、全く疑うことはしなかった。こういう場合に、最も敏感な女性ほど本質的には純心で、神話とか象徴的意味が、本性を示すクライマックスの代用品であるなどとは、考えも及ばなかった。単に、装飾品ぐらいの程度のものと、見なしていたのだった！

じらされ誇張される求愛は若々しさに立ち込める霧であり、それはまた、ただ単に手の込んだ求婚行為であった。だから、彼の想像力は求愛の為の果てしなく延びる回り道を、生み出し続けた。それは、あたかも二人して歴史や文学の、ありとあらゆる恋の数々を、まずは全て同じ様に生き通してみなければならないと、自分たちの現実の恋に専念できるのは、それからだとでも言わんばかりだった。

けれども、彼の苔緑色の眼が映す心の平安が、彼女を当惑させるのだった。なぜなら、今や、彼女の眼は紅色の艶を放っていたからだ。まるで、乳で張った乳房のように、夜な夜な、その胸は彼女を痛みつけた。

彼の眼は、視野の届く限り、最も遠いところに焦点があてられっぱなしだった。が、そこへきて、彼女の眼といえば、至近のもの、現時点に焦点を合わせ始めていた。つまり、彼の顔の細部への想いに浸っていたかった。例えば、彼の耳の形はどうだったかとか。彼が喋っているときの彼の唇の動きとか。そんなとき、彼の言った言葉を聞き逃すこともあった。彼女の眼が見据えるままに、彼女の気持ちの趣くままに、変化する唇の輪郭を、あたかも、その唇が彼女の肌をまさぐるかのような動きを、ただもう追い続けたものだから。

カーネーションの花一輪、口にくわえた、あのカルメンのことが、初めてわかる気持ちになった。カルメンは、満たされぬ恋心で、まがいのオレンジにしゃぶりついていた。噛みついたオレンジの白い花々は、恋人の肌のようだった。カルメンの唇は、恋の情念を真似た、まがいのオレンジの花びらに強く押し当てられたのだ。

ジューナの内面にあった城塀は全滅した。彼女自身から湧き上がる熱烈な情感に、輝き燃えながら、マイケルの傍らに、危険も顧みず立ち尽くしていた。マイケルにはお呼びでない、視界のよく晴れた日々のことだった。マイケルの羅針盤は、依然遠く離れた果ての地を、見知らぬ遥か彼方を指し示していた。

本来ジューナは夢見る一人の女性であった。

しかし、ジューナはもはや、夢を見ることは止めてしまった。恋の情念がつくる、ニセのオレンジを口にしてしまったからだった。

張った胸の痛みに耐えながら、しだいに心温かい親しみやすい人になっていったジューナを、それでもなお慌てさせたのは、欲情の赴くままに、嫉妬心の塊りへと融解していった、マイケルの眼の苔緑色をした平静心だったのだ。

彼は彼女をダンスに誘った。すると、彼の友だちは皆しきりに、彼女と踊って、一人占めにしたがった。大勢の踊り手たちでいっぱいの部屋の向こうから、彼は初めて、彼女の眼ではなく、口もとを見た。彼女が彼をずっと、そう見てきたように、同じくらい生々しく彼女の口もとを見つめていた。はっきりと、まじまじと見た。そして彼の唇を彼女の唇に重ねてみて、その味を感じとっていた。

彼女が彼から離れて、遠くで踊るのは初めてのことだったし、次から次へと若い男たちに取り囲まれて腕を組んで踊っていたので、そのとき彼は、二人が泳いできた、これまでの長い時空間を測定してみた。それは、惑星間の距離を、研究者たちが測定しているのと同じように、精確な数字を意味していた。

彼自身と彼女との間の、離れた時空間の総マイル数をはじき出すのだ。そんな莫大な時空間を超えて横切れるのは、灯台の光しかなかったろう。

そうして今は、その時空間の綿密な仕上げを済ませてみると、なんとおびただしい人たちが二人の間に介入してくることか。イゾーデの蒼白な顔も、カトリーヌ〔カトリーヌ・ド・メディシス。フランス、アンリ二世の妃〕の燃えあがる顔も、彼が彼女を享受するために入念に仕上げた設定だと信じて疑う術もなかったが、今は、そういう光彩を添える飾りとしてではなく、彼女という彼の独占所有を妨害するものとして、突如現れることになったのだ。

ジューナは、もはやマイケルから離れてしまった。彼女は他の男たちから誘われて、彼らと廻り廻り踊った。男たちは、彼女のウエストを、彼が今までしたことがない方法で、ぐっと引き寄せていたし、彼女の体を弓なりに反らせてやり、ダンスの動きに沿って、まめに彼女の体を操り踊らせていた。男たちのリードに、彼女の方も応えて、誘いを受ける大胆な踊りをしてみせた。そうすることで、つまり、ダンスが彼らと彼女を、結び合わせたのだった。

マイケルの脇を通り過ぎるジューナに、彼は、厳しい口調で咎《とが》めるように、彼女の名前を呼んだ。そのとき、彼女が見とどけたものは、嫉妬で、緑色が紫色に変わった彼の両目だった。

「ジューナ！　ぼくは君を家に連れて帰るよ」

初めてのことに彼は片意地をはっていて、このことを、むしろ、彼女はおおいに嬉しく思った。

「ジューナ！」もう一度名前を呼んだ。その声は腹立たしそうで、彼の眼は怒り心頭のあまり暗黒色に変わっていた。

彼女は踊るのを止めなければならなかった。

彼女は彼の方へ、やさしく戻ってきつつ、考えたことは、マイケルは私を独占したがっているのだということであり、彼に応じることは彼女にとって喜びだった。

彼の背丈は、彼女よりちょっと高い程度であったのに、彼は真っ直ぐに背筋を直立させ堂々としてみせた。

帰り道、彼は一言も喋らなかった。

彼女の唇の形は、またしても彼の記憶から消滅してしまった。現実に彼の唇に、あんなにも接近したところで、彼女の唇への彼の長旅は、その瞬時に終わってしまった。それはちょうど障害物が克服しがたいものである限りは、聖体拝領に近い、彼女との交わりの可能性を体験することに賭けてみたのだが、その障害物が取り除かれて、彼女が彼の腕に纏わりついて歩くようになった途端に、彼は彼女の眼としか交流がもてなくなり、二人の間の離れた距離感は、またしても復元されたのだった。

彼女の部屋の扉の前で別れる際に、彼はやさしさの、やの字も示してくれず、彼の両の眼に責めたてるように潜んでいる、嫉妬心の紫色の暗い陰りを、余すことなく全て投げかけただけで、立ち去って行った。それだけだった。

ジューナは、彼の嫉妬心と、怒りと、よそよそしさの謎に、一晩中すすり泣いていた。でも、その不明さを彼に問いただしはしなかった。彼は何も打ち明けてくれなかった。二人は互いの意思疎通への全ての手段を排除したのだ。まさに、今回のダンスで、様々な女性像が全ては存在しない中間的世界を発見したことを、彼女に話そうとはしなかった。恋人である、母である、姉妹である、妻である、愛人である、女の人たちから遠く離れて、飛行中である彼自身のような、少年たちからなる世界なのだ。

当時の彼女の無知と無邪気にあっては、彼女から逃避行中のマイケルが、彼の欲求をどこに据えているか、最たる直観的察知を持ってしても見抜けなかっただろう。

二人の若さゆえの盲目さが、お互いを傷つけあった。彼女にする、彼の冷ややかな態度の言いわけをして、「君はほっそりし過ぎなんだよ。ぼくはぽっちゃりした女の人が好みなんだ」と言った。また、こんなふうに弁明した、「君は頭が良すぎるんだよ。小馬鹿な女の人といる方が気が楽なんだ」。はたまた、彼はこうも言った、「君は衝動的すぎてね、ぼくは怖くなるんだ」。

無垢な彼女は躊躇なく、その咎めを受け入れた。

奇妙な場面が二人の間で生じた。彼女は自分の知性を押し殺したし、彼を喜ばせたいがために言いなりになった。だがそれは、駆け引きだった。そのことは、二人とも重々わかっていた。彼女の感情のほとばしりは、平静心でいられるときに、彼女の見せかけの全てを打ち破った。

太る薬を何錠も何錠も飲み込んだ。が、せいぜい一キロ足らず増やすのがやっとだった。それでも少しは太った自分を見てほしいと自慢げにせがめば、彼はそっぽを向いた。

あの日、彼はこう言った。「利口な君の頭が、ぼくをいつも監視しているんだ、それでぼくがしくじれば、君はぼくを軽蔑するんだ」

しくじった？

彼女は理解に苦しんだ。

時は流れ流れて、別の男性との結婚と、彼女のダンサーとしての仕事柄、多くの外国を巡る機会に恵まれて、マイケルのイメージは拭い去られていった。

けれども、この世間で、別のマイケルたちとかかわり続けた。彼女のある部分が、あのマイケルと同じ穏やかさと、とらえどころのなさと、同じ謎めいたところを、今また引き続き認識していたといってよい。

マイケルはいろいろな人物になりかわり、変装を凝らし再度現れたのだ。その度に、彼女は反応を繰り返してみせた。その謎解きを表に暴いてみせるまで、毎回もう少し、もうちょっと、といった具合に新たなる発見を増やしていったのだ。

ところが、例の愚かしいダンスは何一つ変わるでもなく、その度ごとに行われた。傲慢さが見え透いた、あのダンス、「これはぼく一人のダンスなんだ、女の人に取りつかれるような無様な真似はしないんだ」と、女性パートナーに食ってかかる、あのダンス。

ダンスの伝統の一つが、典型的な形式として、果敢な積極性を駆り立てるように、女性側に教え込んできたのだ！　なのに、若い男性と踊る、このダンスは、その舞踏形式の挑発に答える意図は皆無がために、男女双方共に途方にくれてしまう始末だった。

幾年もの後に、彼女は両脇にマイケルとドナルドを携えて、パリのカフェのテーブルに腰掛けていた。

どうして、マイケルとドナルドの間に彼女は座っていなければならないのだろうか？

どうして、彼女とマイケルの間の全ての絆は断ち切られなかったのだろうか、彼女が別の人と結婚し、マイケルがドナルドとの関係の継承に没頭していたときに？

二人がパリで再会したこのとき、この三人組をでっち上げる必然性があったのだ。ジューナと、絶えず変わり続け不安定で多重人間であるドナルドとの間に、気脈の通じる繋がりを打ちたてる目的のために。

ドナルドと関わるためのマイケルとの関係には、何かある要素が欠けているかのようだった。

ドナルドは、エジプトの少年のような、ほっそりとした少年の趣きを残していた。黒髪は、駆けっこをしてきた少年のように乱れていた。あるときは、彼の柔らかな身のこなしが彼を小ぶりに見せたかと思えば、またあるときは、全身揃えて決めたスタイルで、直立した体の線に清潔感を滲ませて、彼は背の高い引き締まった感じに見えた。

彼は、大きくぱっちりとして魅せられるような眼をしていて、メディアの人のように流暢な話しぶりだった。彼の瞼は、女性の瞼のように、睫毛を揺らしながら重々しく垂れていた。彼は、こじんまりと鼻筋が通り小ぶりな耳をしていたが、両の手は頑丈な少年のものだった。

マイケルが煙草を吸いに外に出たとき、ジューナとドナルドは見つめ合い、ドナルドは、その途端、女であることを止めた。彼は姿勢を正すと、微動だにしないでジューナを見た。

彼女の前では、彼は彼の強さを主張した。

ジューナが女性であるということが、ドナルドの強さに挑戦してくるのだろうか。彼は今や、一人の大人に成りつつある、真面目な子供のようだった。

共謀者として、ほくそ笑む彼は、こう言った。「マイケルときたら、ぼくがまるで女か子供のように扱うんだ。ぼくが働くのを嫌がり、彼の稼ぎに依存してくれっていうんだ。ちょっとしたパラダイスのような、南の地方に行って暮らしたがっているんだ」

「それで、あなたはどうしたいの？」

「自分でもよく分からないんだ。マイケルのことは愛してるんだけどね……」

そのせりふこそ、まさに、ジューナが聞きたかったことばだ。いつだって、不完全を認めるこの自白。いつだって、一人が急にどこかへ行ってしまうやら、三人ぴったりいっしょに座っているときもあるし、いつだって、一人だけは文句たらたら言っているとか、三人のうち、この人はあの人より好きになれないとか。

こういう常套な様々のケースに加えて、今回ジューナが今まで見たこともない、人の表情の多様性の最も複雑な調和という、難題を引きずっていた。ドナルドの眼と口元は、麻薬常用者によく見られる興奮をほのめかしていた。ただ、ドナルドに限っては、人造の麻薬が齎すものではなかった。ドナルドの場合は、満たされない愛や恋の当惑と回り道、それに数々の難儀な恋から彼が抽出した、一風変わった香味が齎すものだったのだ。

ドナルドの眼《まなこ》の奥底は、禁断の秘め事への術策と追跡の夜警を買って出たものの、無駄に終わる発熱から光を放っていた。

平凡な普通の生活には知られざるリズムとムードを全て持ち合わせた、禁じられたことがらへの探求が、その醸し出す風味が、ドナルドが手に入れようと探し求めていたものだった。未知の珍しい禁忌な全ての場所に注がれる、不思議な光線のように。その昔、親に絶対に駄目だと禁じられた、まさに、その経験の数々を、それでも求めて止めなかった子供のころの秘密の時間を、彼に彷彿とさせてくれる全てのことがらのように。

ところが、一人の人を選択することや、一人の人に自分そのものを与えるということや、あからさまの単一性、それに完全無欠への努力とかになってくると、奇妙な衝動がいつも働いて邪魔が入り、人間関係を壊してしまうのだ。永続的であることへの嫌悪、そう、あの結婚に、どこからみても似ていることへの嫌悪なのだ。

ドナルドが追い求めてきた、ほろ苦い強烈な持ち味を破壊してしまうのではと、マイケルが望むパラダイスの世界に批判的な言い分だった。

ドナルドはジューナの方に、ぐっと寄って身を屈めると、共謀者のように声を潜めて喋った。彼の言い分は、単一性に反した、ドナルドとの平穏無事な暮らしを望むマイケルの欲求に反した陰謀なのだ。

「ジューナ、君が、この事の次第を知っててくれたならなあ！　この世界全体が何から何まで変身して天地がひっくり返って、様相が一変するのを期待していたんだ、地震の後のように、部屋が傾いて、扉を開けると階段じゃなくて、いきなり空、窓という窓も見下ろせば下は海。こういう動揺、そういう不安、あるいは完了に達しない恐れ。また、別なときには、ぼくは刑務所から脱走中で、再び捕らえられて罰せられる恐怖に駆られる気持ちを持つんだ。ぼく自身がカフェでやるように、そこにいる人に合図を送るときの気持ち、つまり君とぼくは二人とも囚人で、秘密の暗号を使って交信する、入念な方策を見つけたときの気持ちなんだ。ぼくたちの伝言は、全てが危険を孕んだ極彩色で特徴づけられていた。この曲がりくねった回り道の道中で、ぼくが見つけたのは、他の何ものにも公然と通用していない、ある一つのちょっとした経験を持ち合わせていたことだった。物凄い不安感と、お仕置きの恐怖に苛まれながらも、禁じられた行動を実行した、あの子供のころの薄暗い内緒にしている昼下がりの繰り返された形跡のように。危険性への異常なまでの高揚、今となっては、もはや慣れっこになっている自責の念への激しい感情。世間はぼくのことを咎めるんだ……とやかく言う人たちに、ぼくがどんな復讐をしているか知ってる？　世の中の人々、一人一人順番に徐々に、誘惑してやってるんだ……」

ドナルドは、穏やかながら勝ち誇ったように、最高に流暢な、絹のように柔らかな口調で語った。例の行為いろいろや、ある種の愛の形いろいろを、ぬけぬけと禁じた奴らみんなを打ち負かしてやるんだという、彼の夢を隠すことなく語った。

と同時にマイケルの話をするときは、ドナルドの顔が、女性たちの、あの表情と同じ顔付きになるときだった。それは、女性たちが一人の男性を誘惑したときの自惚れの強い、ほくそ笑む表情と、女の権力への勝ち誇った抑え難い祝福の表情なのだ。それゆえ、だから、ドナルドがマイケルに、ぞっこん惚れ込ませた女らしい、たぶらかしの手練と、たくらみと、なまめかしさとを祝福していたのだった。

マイケルが女の人から逃避しても、ジューナに言わせれば、それはそれでまた女性につきものの些細な欠点のあれこれが詰まった人から、単に逃げていることに変わりはないのだ。

ドナルドが話すのを止めた先から彼の声は低い声に落ちることなく、調子を単一に保ったままの女っぽい抑揚を余韻に残していった。

マイケルは戻ってくると、煙草を差し出しながら二人の間に腰を下ろした。

マイケルが真横に帰ってくるやいなや、ドナルドの態度も元に戻って、挑発しながら、じらしていく女に変わっていくのをジューナは見逃さなかった。ドナルドの体が、うねりくねる女体へとふくよかになっていき、彼の顔は丸ごと露骨に剥き出しになるのを、ジューナはまじまじと見た。その顔は男から名指しされた女の顔となり、自堕落な、ほぐれた表情を露にしていた。大喜びも恨みも、自惚れも幼稚っぽさも、何もかも開けっ広げになっていた。彼の身のこなしときたら、捲りあげたベットカバーやペティコートの端に流し目をして、睫毛をしばたたかせながら、花束を受け取っている二流の女優のようだった。

彼の身振りは、見せ物の鳥が頭をくるくる回して敏捷さを売りにした、とるにとらない踊りみたいなもの。身のほどを、こわしてしまわない程度の軽いキスをねだって、嘴をすぼめてすねて立ち、パタパタと鳥の羽打ちみたいに衣をふりながら、ずうずうしい気取りのポーズ。飾りはどれもこれも変装のため、熱しやすく冷めやすい挑発の射るような視線、二流の女が見せる、お騒がせと請け合いの、けちな身振り。

マイケルは言った、「お前さんたちは似た者同士だなあ。ドナルドのスーツがぴったりだよ、きっとさ、ジューナ」

「いいえ、ドナルドは私よりもっと正直よ」ジューナは答えて言った。ドナルドが、マイケルを愛してはいないことを、あからさまに白状するのに対して、私なら、この真相をオブラートに包むために百もの遠回しを探しあぐねていたのではと、考えながら。

「ドナルドが君よりもっと正直なのは、彼がそれだけ、ぼくのことを愛してないってことだよ」

ぬくもりのある空気。春の若葉は不安からではなく、純粋にこびを示すために、はたはたと揺れて震えている。今、三人の間にも、愛が芽生えたのだ、分かち合い、伝達し、伝染していく関係、マイケルは、少年の姿のなかにいるジューナを、やっと、心から愛せるようになったかのようだった。ドナルドの体を通して、直接決して触れることはできないジューナに手が届くようになった。かたや、ジューナも、ドナルドの体を通してマイケルに手を届かせた。こうして、マイケルとジューナの愛の欠けていた一面は、不完全を再結合させる代数学のように、隙間という空間で契りを結ぶことを果たしたのだ。未完成な一つの観念的ドラマが、二人の不完全な男性たちと、その間に座っている一人の女性からなる、この三人組によって、一瞬ながら、ようようのこと遂に、その問題が解明された。

ジューナはマイケルの眼を借りて、ドナルドの見事につくりあげられた体を見ることができた、その引き締まった胴回り、がっちりした肩、品のある物腰、そして胸を張った堂々の身振りを。

ドナルドは本当の自分自身をマイケルに見せないのが、ジューナにはよく観てとれた。ドナルドは、マイケルの前では、取りたてて言うほどでもない不機嫌や気まぐれをみせる女のカリカチュアを演じるのだ。お酒を注文しておいて気が変わったからと、飲み物がきても見向きもしない、というふうだった。

ジューナはこう考え理解していると話した、「つまりドナルドは、あの壮大な神秘が起こる子宮を抜きにした女を演じているのよ。決して結婚という関係は発生しない、滑稽な模倣こそ、彼そのものなのよ」

ドナルドは立ち上がると、二人の前で軽く舞いを披露した。お別れを告げる挨拶と飛翔の踊りだ。マイケルの行かないでくれ、という嘆願の目を巧みに逃れながら丁寧にお辞儀をしてから、弁解と逃避を伝える、むら気な身振りをしてみせた。そして、二人をおいて、去って行った。

この小ぶりな踊りは、ジューナに、その昔十六の歳のころ、戸口の階段でマイケルに告げられた、つれない別れの場面を彷彿とさせた。

すると突然、三人皆が踊りだす姿を目で確かめた、ジューナ自身はマイケルと、それに、マイケルはドナルドと一緒に、これは非現実性と固定観念の無い世界を表象する、バレエの一作品となった。

「三人にとって、最も崇高な動きは、これ飛翔にあるのだわ」と、ジューナはマイケルに言った。

ドビュッシーの『喜びの島《イル・ジュワイユーズ》』〔一九〇四年作曲のピアノ独奏曲。ジャン・ヴァトーの田園に集い愛を語り合う男女の群れが描かれた『シテール島への巡礼』の影響を受けている〕の調べに合わせて、三人は何ものにも支配されない世界に導くステップを、外すことなく最後まで優雅に踊りきった。

(鳥の領域と同じような世界を動き移動する、風のように移り気な、こういう若い青年たちを愛してしまうのを、私はいつ止められるのだろうか。鳥はいつも、大抵の人間たちより少しの差をつけて素早いこと、いつも人間より、ちょっと高い所を、あるときは人類を超越するほどに、人間を恐れて長時間飛翔を止めないこともあり、いつも広い空を求めて、囲い込みは我慢できない、自由を切望し、おびただしい数の警報に震えながら、絶え間ない身の危険を感知しながら……）

「鳥類は」と、研究に久しい科学者は説明する、「そのあでやかな羽の色や、はつらつとした鳴き声が際立っているのと同様に、その生き方も激烈なるものである。体温は通常で、華氏百五度から百十度はあり、猛烈に打たれる脈拍のせいで、いかに体全体が振動しているか、まぢかで見たことがある人なら、誰でも周知のことである。強行な要請に際しては、そういう動力源は、稼動されねばならないわけで、まさに、それが鳥の生態そのものである。鳥が吸引した息は、その肺に供給されるのみならず、生命維持に不可欠な器官に、占有されている以外の、あらゆる空洞を充たす嚢《のう》の中へ、無数で極小の細管を通って送り込まれるのである。さらには、空気をためた嚢は鳥の骨の多くに接続している。この鳥の骨は、動物の骨が髄《ずい》で満たされているのとは違い、孔《こう》で一杯になった骨である。これらのタンクに貯蔵された空気が、鳥の激烈な生態への燃料となっており、また同時に、飛行への浮力も増加させている」。

夜明けと共に、ポールが到着した。霧《もや》で覆われた、挙動のはっきりしないポールが。彼が微笑み出すまでは、太陽も隠れたままだった。ようやく、満面の笑みが溢れるようになって、紺碧の目も、目の下のくまも、眠たげな瞼も、明るく照らしだされた。さらに、丈夫な歯並びの良い、ふっくらして、きりっと引き締まった口もとは、霧や露も、彼の判然としない、ためらいがちな身振りをも消し散らせた。

かと思えば、ポールの笑顔はまた消えてしまった。来るが早いか去るのも早かった。彼が彼女の部屋に入って来たときに、彼が携えて持ち込んだのは、この思春期の風潮だった、晴れでもなければ満月でもない、どっちつかずの領域気候、といったところか。

ふたたび、彼女は彼の目の下のくまに気がついた。その影は濃厚な碧い瞳孔のまわりに、淡《あわ》い青紫《すみれ》色の光輪となった。

彼は内気をマントのなかに覆い隠し、彼の瞼は夢見ることの重さに耐え兼ねてもいるようだった。ポールの夢見る行為は瞼のへりで、意識の深層での痛烈なまどろみのように横たわっていた。睡眠薬で眠っているときと同じように不可思議な、催眠術にかかった内面の夢想のなかでは、彼の瞼は閉じられているべきだと、人は予期したのではなかったろうか。

曇もようの憂鬱から快晴の光輝への、この絶え間ない推移が、ほんの瞬時に起こった。彼は体を微動だにしないで座っているかと思えば、いきなり快活さと陽気さに身を跳ねるのだ。それから、またしても、彼の顔は隠遁者のように、塞ぎ込んでしまうのだった。同じこの素早さで、彼が話す言葉は深淵な成熟した名言から、唐突で無知な間違いへと変わった。

ポールが十七歳だということを忘れずにいるのは容易ではなかった。

未知の経験に夢中になったり楽しんだりするよりも、この不慣れな経験に、いかにして身を処するかというような不確定性のことに、もっと没頭していたいらしいのだ。

不確定性は、今という現在における彼の歓びに水をさしてしまうのだが、過去の彼の宝物を全て、追憶という秘密の部屋に運び込んでしまう人なのではないかと、ジューナは感じていたのだ。つまり、その部屋にアヘンのパイプの小道具が準備されるように、彼の宝物を揃えて一つ残さず並べられるのだ。この部屋にいれば、現在の生活の、ただ中にある不安という危険に、もはや晒されはしないし、第一そこでなら宝物はどれも過去の産物となり、どの言葉にも、どの姿にも、彼は手に触れ抱きしめ自分のものにできたのだ、とジューナは見てとったのだった。

孤独と追憶のなかでこそ、彼の現実の生活は始まるのだった。今起こっていることは何もかも、アヘンのパイプの儀式の、ほんの下準備に他ならないのだ。後で、渦巻き型の煙管を空に翳《かざ》して、彼の孤独を魔法にかけるだろうから。そのときには、彼は危ない事柄や不慣れな事柄から、遠く距離を保って横たわり、心配事から出る不純物を洗い拭った経験の余韻を味わいながら、横たわっていただろうから。

彼が横になれば、ものごとに関わることも、ものを言うことも、行動を起こし何かに決めることも、もはや要求されなかった。彼が横になれば、奇想天外な空想の配剤と感化のなかで、また、現実のこの瞬間に、不安に損なわれながら作られる物語よりも、もっと不思議ですごい面白さの物語のなかで、どんな細かい描写一つ一つにも、実に様々なイメージが湧き起こった。

現実による破壊から保護しようと、捜し求めた手立てというのは、前もって一つの夢を創り上げることだったので、夢想家、ポールにとっては、実生活での動作の一つ一つが輪をかけて難儀なものになった。彼が日常のちょっとした間違いにも、びくびく恐れたさまは、アヘン常用の空想家が、ちょっとした音や日の光にも怖がるのに似ていたかもしれない。

さらに、はかなく消え散ってしまう香りのように、なくならないよう守っていた、ジューナへの彼の夢のみならず、いや、もっと危険なのは、ジューナが彼に期待したのは、こうだろうと、彼自身が想像したイメージなのだ。まだ年若いポールには、荷の重すぎる要求だった。彼自らの想像力によって創り上げられたとは露知らず、彼自身の理想的急務が、あらゆる動作と言葉に困難なものを引き起こしていた。何をするにも、何を言うにも、彼は子供のころに下稽古された場面を、単に再現していたのにすぎなかった。自然な子供らしさは、いつも両親の厳格さに粉々に打ち砕かれた。親が彼に命じたのは、とうてい達成できそうもない基準で、彼が何を言おうが行おうが、及ばないのだという気持ちに年がら年中さらされていたのだ。幼児の足に何ヤードもの布をぐるぐる巻きにして、足の自然な発育を妨げた、中国人の親が自分の幼子にした纏足よりも、もっと酷い圧搾ではなかったろうか。あまりにも長い年月、破壊されず切断されず、そっくりそのまま纏われた、そういう暴虐的な布は、ついには人をミイラに変えてしまっただろうに……

ポールを束縛する母親のイメージが、彼から聞いた話から、手に取るようによくわかった。例えば、あるとき、彼はモルモットをペットに飼っていて、とても可愛がっていた。けれど彼の母親は、それを殺すように彼に強要したそうだ。

「学校で続けて書いてた日記を、ぼくは棄てたんだ」彼がさらに、こう話してくれたとき、ジユーナには束縛しているもの全ての正体が見てとれた。

「どうして？」

「ここ一カ月は家に帰ってきていたから、ぼくの親に、その日記を読まれてしまうかもしれないと思ったからさ」

彼の分身の生きざま、親愛なる大事なもの、彼の内面の自己を反映している日記を、むしろ彼は消滅するのを厭わないほど、親から受ける罰が重大なのか？

「親には見せられない部分だって、あなたのなかに、たくさんあるわけだから」

「そうですよね」そう答えつつ、不安感が彼の顔には描いてあった。両親の厳格さの影響が、彼の一挙一動に如実にあらわれていた。「ぼくはそろそろ、おいとましなくちゃなりません」

と言った彼のその声の語調にさえも明白だった。

ジューナは彼の顔をまじまじと見た。彼が囚人のごとくに見えた。学校と両親に束縛された、囚われの身がそこにいた。

「でも、これから丸々一カ月は自由の身でしょ」

「ええ」と応えた彼の本質においては、その自由という言葉は共鳴していなかった。

「お休み中、どうなさるの？」

彼に微かな笑みが戻って言った。「いや、あんまり好きなようには出来ないかな。ぼくの両親は、ぼくがダンサーの人たちに会うのを良く思っていませんから」

「ご両親に私のところへ行くって言ってこられたの？」

「そうです」

「あなた自身ダンサーになりたいことを、ご両親はご存知なの？」

「いいえ、とんでもない」そう言って彼は苦笑した。またも悲痛な笑みだった。それに、あの率直で開けっぴろげな気さくさは、彼の眼差しからなくなっていた。ここへきて、道に迷ったかのように、その視線はぐらつき揺れ乱れていた。

これは彼がよく見せる表情で、雲がかかったような、ぼんやりした眼で一瞥してから、人からも物からも視線を逸らせてしまうのだ。

彼は、よく知らない世界を不安がる子供のようなところを見せる反面、同時に、かなり広い世界で生活しているという印象も与えていた。ジューナは彼の身になって思った、この青年は迷っているのだと。ただし、遠大な範囲の世界で道を見失なったのだ。彼の将来の夢も漠然としていて、今は無限大で実体もはっきりしていない。そのたくさんの夢のなかで、彼自身、分からなくなるのだ。彼が構想しているものや考えているものなど、誰にもわからない。本人もわからないし、まして口に出して言うなんて、できるはずはないし、とにかくそんな単純な世界じゃないのだから。彼の手が届かない、もっと向こうに拡がった世界であって、彼が知っている以上のことを彼は感知しているのだ。どんどん大きくなった、この世界は、彼を怖がらせることも確かなのだ。

彼は秘密を打ち明けたり自分をさらけ出すことができない。彼はずっと何かに厳しく咎められてきたに違いない。

黙ったまま二人で座っていると、彼を思いやるやさしさが、ジューナの眼から彼のもとに押し寄せる波となって溢れ出ていた。彼の曇った顔から陰りは消えていった。それはあたかも、以心伝心のようだった。

彼が立ち上がって帰る段になった、その時、ローレンスが息を弾ませて入ってくるなり、感情あらわにジューナを抱きしめたかと思えば、飛び跳ねるようにしてスタジオに入っていくと、ラジオをつけた。

彼はポールと同い年だが、似ても似つかない。彼は、姿を眩ませる隠れ家という、人格を守る蝸牛《かたつむり》の殻を携帯していないように見えた。彼は屈託なく入ってくるや、その眼はしっかりと状況を捉えつつ、にこにこ、わくわくしていて、何が起こっても、どんと来いというふうだった。彼は全くの衝動に駆られて動いていて、じっとしていられなかった。

彼は鳥籠を持って来て部屋の真ん中に置いた。縞模様の日除けを、そっくり小さくしたような覆いを、彼は籠から取り払った。

ジューナはさっそく絨毯にひざまずいて、籠の中身を覗き込んだ。クラッカーをかじっている一匹の青い鼠を見て笑い出した。

「青緑《ターコイズ》色の鼠をどこで見つけたの?」ジューナは聞いた。

「ぼくはネズミ嬢を染めたんだ」とローレンスは答えた。「ただ、二、三日で全部舐め尽くしちゃってね、白い二十日鼠に戻ったものだから、今度は、染色のお風呂上がりの直後に持って来なきゃならなかったってわけ」

青い鼠は、頻りにクラッカーをかじっていた。ラジオからは音楽が流れていた。彼ら三人は絨毯の上に座っていた。部屋全体がキラキラと輝いて生き生きときらめき始めた。

ポールは驚いて目を見張っていた。

(彼の両目は驚きを隠せない。なんと、このペットは、殺されなくてもすむのだ。この籠の中でさえ、何一つ禁じられていないというわけか。)

ローレンスは、暗い所でも光って明るくなるように、鳥籠を蛍光性の塗料で塗りこんでいたのだ。

「夜、ぼくが出かけてネズミ嬢が一人っぽっちになっても、こうして明るくなるようにしておけば、彼女は怖がらなくてすむからね!」

塗装が乾くまで、ローレンスは踊りはじめた。

ジューナは、彼女の長い髪をヴェールのように垂らして顔に纏い、その奥で笑っていた。

ポールは、そんな二人を憧れを込めて見つめた。ところが、その後、単調な声でこう言った。

「もう帰らなくちゃなりません」すると、彼は大慌てで、まっしぐらに部屋を出ていった。

「あの美男子は誰?」ローレンスが聞いた。

「ダンサーのところへ話をしに行くのではないかって、たいそう心配されている、圧制的なご両親のご子息よ」

「彼はまた来るの？」

「約束はしていかなかったわ。まあ、家から出てこられたらの話ね」

「じゃあ、ぼくたちが彼のところへ出かけていこうよ」

ジューナはにっこりしたが、何も言わなかった。彼女には想像できたのだ。ローレンスが青い鼠を入れた鳥籠を持って、ポールの堅苦しい家に着くやいなや、ポールの母親が、「そのペットを追っ払ってちょうだい」と言っている、こんな光景が目に浮かぶのだった。

あるいは、こういう場面だ。ローレンスが、バレエの跳躍のステップでシャンデリアの先っぽにタッチしてみているとか、微妙に卑猥な歌詞を口ずさんでいるなんていうのが、想像に容易いのだ。

「彼女は花盛りの若い娘です《セテュヌ・ジュヌ・フィーユ・アン・フルール》」と、たった今、彼はこう言ったのだ。これはマイケルの木霊《こだま》する声や、マイケルに由来するもの全てから決して逃れられない、ジューナの懸念を見抜いている、彼の千里眼から言い当てた、せりふだった。

ローレンスは肩をすくめてみせた。次に、彼の赤い黄金色の前髪が掛かった赤い黄金色の眼で、彼は彼女を見つめた。彼に見つめられると、彼女はいつだって、その伝染性を感じられずにはいられなかった。その熱意に溢れた燃えるように輝いた眼差しが、艶めかしいくも、ひと目注がれるや、人も物も全てに感染して、暗黒最たる気持ちも雰囲気も融解していくのだ。

この愛情の熱狂したカーニバルを、いかなる悲しみも阻止できなかった。この情愛の気持ちは毎日施された。朝一番の一杯のコーヒーに見せる意気込みに始まり、また新しく今日一日が始まることへの至福、その日会った最初の人への恋慕、どんなに少なくとも、男性、女性、子供、そして動物を誘発する熱愛。不運なできごとや面倒な事態や、困難な問題との衝突のときでさえも心からの思いやり。

彼は笑顔で、こういう事柄を受け入れた。懐《ふところ》にお金が無くても、彼は人助けに吹っ飛んでいった。やり過ぎなほど気前よく、彼は一目散に駆けつけて、一緒になって愛し希望し、手に入れ手放し辛抱し、なかんずく、その日その日、人は誰もみな命を落とす、様々な成り行きからの密やかな死をも、ともにするのだ。彼は失敗し、泣き苦しみ死するときでさえ、情熱と熱意をもって向き合うのだ。彼は貧困のさ中に惜しみなく与え、目には見えない化学作用を起こし、黄金や太陽のような存在と同価値なもので富み、満ち溢れさせた。

どんな出来事も、彼が現れれば、心からの喜びで、胸おどる躍動と闊歩に活気づいた。コンサートも演劇もバレエも、そして人物そのものも。毎朝、彼の若く健康な体が声を大にして言葉にした、そうだね、いいよ、わかったよ、と。取り消し、躊躇、懸念、警戒、節用は一切無し。あらゆる招聘、挑戦、提案に、彼は応じた。

彼の喜びは、動くことに賛同することに承諾することに、拡張、拡大、そう、広がって、広がっていくさなかに在るのだった。

ローレンスは、やって来ればまずいつも、旋回しながら、前へステップを踏み進んで、スワールを踊ろうとジューナを誘い出した。憂鬱な気持ちでいるときでさえも、二人は互いに笑みを交わした。共に二人の眼を大きく見開いて、二人の心の懐を膨らませ、悲嘆のただなかでさえ螺旋を描くステップに合わせて、広がって、さらに広がっていくのだ。

「悲しみの種は一粒残らず振り払って、さあ、踊ろう！」

こうして二人は、踊ることで、互いの辛さを癒し合った。意気込みと活発な想像力というところで、気脈がぴったり合う二人だった。

彼を前進させる波は、決して彼を岩場に打ちつけるようなことはしなかった。彼はいつも、笑みを絶えさず戻って来たのだった。「ああ、ジューナ、あのヒルダを覚えてる？　ぼくは、あの頃、彼女にぞっこんだったよね。彼女が何をしたか知ってる？　彼女ったら、ぼくを騙して偽札を押し付けようとしたんだ。そう、彼女の、あの愛くるしい瞳と洗練された物腰と行き届いた気配りの全てを持ってして、ぼくのところに、やって来て、穏やかに、こう言うんだ。この十ドル札を両替してほしいのって。ところが、そのお札は偽物だった。しかも彼女ったら、ぼくの部屋に薬物を隠して、ぼくが犯罪者だって断言しようとしたんだ。ぼくは危うく牢屋行きだったんだよ。さらにだよ、彼女は、ぼくのタイプライターと油絵セット一式を質入れしたんだ。ついには彼女に、ぼくの部屋は占領されて、ぼくは夜な夜な公園のベンチで寝るはめになってしまったんだ」

　とはいいつつ翌朝、彼は懲りることなく、いつもと変わらず、信念と情愛と信頼と推進力とに満ち溢れていた。

　踊ることと信じること。

　ジューナは、そんな彼を目の前にして、もう一度信じてみようと覚悟するのだった。

　信じるということは、ポールの視点から見ると秘密と深刻さを意味する。それは壮大な夢が、まだ判読されずに蜷局《とぐろ》を巻いて置かれている感覚なのだ。

ローレンスは、例の蛍光塗装を全部終えた。彼がカーテンを閉めると、暗がりで鳥籠は輝いた。さて今度は、この部屋にある物で塗れるものなら何でも、蛍光塗料で塗りつくすことにローレンスは決めた。

翌朝、ローレンスは塗料が入った大きな瓶を携えて現れた。彼が棒で塗料をかき混ぜていたとき、ポールが電話をしてきた。「しばらく外へ出られるんだけど、行ってもいいですか?」

「もちろん、いらっしゃい、いらっしゃい」とジューナは返事した。

「あんまり遅い時間までは、いられないんですけどね……」そう言う彼の声は、病人の声みたいに、押し殺したように、弱弱しかった。その声は悲しみに沈んだ音調があまりにも明らかで、ジューナの心には、はっきりと聞きとれた。

「囚人は一時間の自由を許されています」と彼女は言った。

ポールがやって来ると、ローレンスは彼に塗料刷毛《はけ》を手渡した。部屋中の塗れるものは片っ端から刷毛をすべらせ、二人は黙々と精を出した。しばらくして二人は電気を消した。すると、すっかり新しい部屋が出現したのだ。

三人の輝いた顔が壁に照らし出された。新しい花々、新しい宝飾品、新しい城、新しいジャングル、新しい動物たち、部屋中のいろんなものがみな、きらきらした光の糸で綴られていた。謎めいた半透明は、彼ら青年たちの限界の無い言葉や衝動的な行動や、様々な願望や情熱に似ている。暗闇は、この世の世界から排除された。信念を喪失させるような暗闇は、だ。今や、この部屋の中では、煌めきは絶え間なく永続するのだった、なんと、その真っ暗闇のただなかで、だ。

（彼ら青年たちは、私にとって、一つの新しい世界をつくってくれている、ジューナはそう思えてならなかった、大いなる軽さのある世界だ。もしかしたら、一夜の夢にすぎず、長居は許されないのかもしれない。彼らは私を仲間として接してくれる。なぜなら、私は彼らと同じことを信じ、彼らと同じことを感じるからだ。私は父親が大嫌いだ、権威も、男性の権力も、男性の富も、あらゆる専制も、あらゆる支配も、あらゆる体制的な具体化も嫌いだ。私はローレンスやポールと同じ気持ちなのだ。外の大社会は、残酷さと危険と背徳で、いっぱいだ。そんな世間では、女性の魅力も茶目っ気も売り払ってしまい、規律や義務や、契約や決算やらの規定で仕切られた、堅苦しい世界の一員となるのだ。燐光の無い、濁った、不透明な世界だ。私は、この部屋にずっと、いつまでもいたいと思う、父親という男性ではなく、息子という男性と一緒に、彫刻をしたり、絵を描いたりダンスを踊ったり夢想に耽ったりして、いつもが始まりで毎日新しく生まれ変わり決して老いていかない、信念と推進力に満ち溢れ、モビールのように吹き流れる、どんな風にも揺れ動いて回って変化していくのだ。流れ動く、信念を持つ、感受性を働かせる、このどれをも止めてしまう人は私は好きではない。溶けるように徐々に心を和らげていくことや、自分の喜びを目いっぱい喜ぶことは、もはやできないという人を、自分で自分をちょっとごまかして気を紛らわせることをさせない人や、自分を束縛し鬱積して氷のように冷ややかな人を、私は好まない。)

彼女は感謝の気持ちをこめてローレンスの肩に頭を傾げた。

(ローレンスとポールと一緒に居られて、あの鳥の羽や真珠に見るような玉虫色の煌めきや、鉱物に見る暈色《うんしょく》の光沢が存在する、こんなところは他にはない。堅く無感覚になる不安から遠く離れて守られる、こんなところは他にはない。ここでは、ありとあらゆるもの全てが流れ動いているのだ……)

ジューナは手すきで髪の毛をとぎながら、ひとはきごとに、じっくり考え込んでいた。そして、ローレンスは周期的に大問題となる仕事の話をしていた。彼は転職をしすぎていた。いかにして、自分の個性、自分の情熱、個人財産や自由を失うことなしに、仕事に就くことができるのだろうか。彼は、機械的な業務や任務や単調な仕事をするなかで、彼自身の煌めきを失っていくことを懸念する、まさにそれは、エジプトのスカラベ〔古代エジプトで太陽神ジケペラの象徴として甲虫をかたどった宝石彫刻〕の繊細さに酷似していた。仕事は、人を殺す、そうでなくとも、不具にする、人をロボットにさせる、愚鈍《ぐどん》な名士や将来の請負人を造る、痛風と動脈硬化で病んだ信念しか持ち合わせぬ権力者を組み立てることができたのだ！

ローレンスは、今、店舗のウインドウ装飾の仕事をしていた。彼は、夜も働くのは苦にならなかった。マネキンや張子の馬の製造会社への一風かわった遠征に出るというか、ジャングルや海辺のある景色や、寓話に登場するような動物たちのミニチュアの舞台を造形することで、彼は生きながらえた。ご婦人たちの手袋を外すのと同じくらい簡単に、両腕が外せるし、頭は床に置いて寝かせておけるし、帽子を取って鬘もとれる裸体のマネキンと、いちゃついたりもする。彼は女性から衣服をもぎとる達人となった！

ローレンスは色彩を糧にして生きていたので、あまりの単調さに瀕死の際にあっても脅威は存在していなかった。彼にあっては、不慮のできごとさえも、いたって明るい色調を呈していたし、グワッシュの絵の具を溶いた水が、瓶から零れても、彼の見地からすれば、それもまた楽しや、ということになった。

　彼はジューナに、手作りのチョーカーやヘッドドレスやイヤリングをプレゼントに持ってきてくれることがあった。仮装劇の衣装のように、じきに、ぼろぼろに崩れてしまう粘土に色を塗って作った飾りものだった。

　彼女は、いつも固形性のないものが好きだった。がっしりした個体物は、彼女を不変性に縛りつけた。堅牢な家や耐久性のある家具を、彼女は決して好んでこなかった。こういうのは全て仕掛けられた罠なのだ。こういうものに人は永久に属してしまうのだ。彼女は臨機応変、哀惜の必要もない、着脱可能な舞台衣装を好むのだった。衣装は自分の体から解体されると、もう何も喪失するものはない。それでいて、印象の鮮明さだけは生き延びた。

　かつて、肘かけ椅子が二十年しか持たないと、ぼやいている女性のことを彼女は思い出していた。彼女は、その女性に言ったのだ、「だけど、私なんかは、一つの同じ肘かけ椅子を二十年も愛用できないですけどね！」と。

　というわけで、虹のような変化、変転がよいのだ。だから、彼女はローレンスからの贈りもののように、色付けした粉やカットグラスとか、やがては色あせていくものの方が好きだった。魅力の盛りを終えると、色あせる蝶の羽の色粉のように。

ポールは銅板に彫りをさしていて、そこに、鋏で見事に細い切れ込みを入れていた。そうすると、彼のほっそりした指と指の間から、微細な糸状の羽を逆立てた鳥がついに現れた。彼はテーブルの上に立つと、その鳥を麻糸で天井から吊るした。僅かな、ひと吹きの息は、その鳥を、ゆっくりと回転させた。

ポールは赤ん坊の皮膚をしていた。この世のもの何にも、このかた触れたことがない肌だった。石鹸も洗面用タオルもブラシも人間のキスも、彼の皮膚に触れることはできたであろうに！　ごしごし洗われることも、ひっかかれることも、枕でしわ寄せられることも一度たりともなかった。透き通った子供の皮膚は、その後、青年期の皮膚となれば不透明になってしまう。この透明性を保たせるために、子供たちは何を食べて自分たちを育んでいるのだろうか、しかし、その後、何を食して、くすんだ不透明な皮膚にしてしまうのだろうか？

子供たちの肌にキスする母親たちは光を食べているのだ。

幼年学校の魔法の世界から発する燐光があるのだ。

このイルミネーションは、しばらくしてから、どこへ行ってしまうのだろうか？　このイルミネーションは、あの信天翁《あほうどり》（アルバトロス）が発光する燐光のように、子供たちの体から輝き出てくる、信じるという事の実体なのだろうか。でも、何が、このイルミネーションを殺してしまうのだろうか。

それから、ローレンスは、ジェスチャーゲームに役立つものはないかと、ジューナの押入れの中を引っかきまわしていたら、ついにスティール製の巻尺を見つけた。

巻尺のカバーから尺を端っこまで引き出すと、スティールでできた細長い蛇のようだ。確かに、シャレードの演技のような巧みな手さばきで操る場面で、その尺は堅い剣のようにぴんと伸び、あるいは、銀白色の飛沫を頂いた、うねる波となり、はたまた、照明のような閃光の光線なのだと、上手に操作することができただろう。

ローレンスとポールは、光対鉄の決闘のため、フェンシング選手同士のように互いに向き合って立っていた。

スティール製の帯、つまり、あの尺は曲がってしなりもすれば、二人の間に架かった橋みたいに固定されもした。だから、片方が先手を打って一突きすれば、もう片方の体を刺し貫く剣のように見えた。

どうして、他にも別な顔を見せてくれる尺である。萎えて、ぐたっとなったり、危険を察知した蛇のように、くねくねぐらついたり、だらしなく、よれよれになってしまうこともあったりだが、さすがに、ばかばかしく見えてか二人共笑い出した。

ただ、その後すぐに二人が、ようよう分かったことは、その巻尺を伸ばしたままの状態で折れ曲がらないように、ぐらつかないように保持していたなら、稲妻のようになりえることだった。ポールが、大胆な攻撃を仕掛けてきたが、ローレンスは、ひらりと交わした。

そうして、ときは真夜中、ポールは、そわそわしだした。彼の光輝は雲で覆われ躊躇した挙動が再開されだした。彼はもう、部屋の真ん中にいることは止め、光と談笑の中心から脇へと移動した。まるで夢遊病者のような足取りで、彼は、にぎやかな楽しさからも席を外した。

ジューナはドアまで、彼を見送って一緒に歩いた。二人きりだったので彼は言った、「ぼくがここに来るのは禁止だって、ぼくの両親が」。

「でも、楽しかったでしょう、ここに来て？」

「もちろん、ぼくは楽しかったです」

「ここは、あなたに、ふさわしいところなのよ」

「ここが、ぼくがいるべきところだって、どうして、そう思うんですか？」

「あなたはダンスも絵も書くことも才能があるわ。それに、とにかく今月いっぱいは、あなたの自由になる月なのだから」

「そう、分かっているんだけど、そうだったら……ほんとに、自由だったらどんなにいいことか……」

「心から願っていれば、道は開けていくわ」

「ぼくは家出したいと思っているほどなんですけどね、お金が無くて」

「家を出るなら、その後は私たちで面倒をみてあげるわ」

「どうして、そこまで？」

「だって、私たちはあなたのことを信頼しているし、第一、あなたは手助けするのに価値ある人ですもの」

「ぼくは、どこにも行くあてがなくって」

「どこかあなたの居場所を、私たちが探しましょう、それに、あなたは、私たちの家族同然になるわ。これでもう、あなたは生気あふれる、ひと月を過ごせるでしょう」

「生気あふれる！」と、彼は素直にくり返した。

「でも、この話は、あなたが自分で、そうしたいと思わないかぎり、やってほしくないわよ、喜んで全てを犠牲にしても構わないほど、本当に、あなたがそうしたいという気にならない限りは。

　私たちをあてにしてくれて大丈夫だということを、覚えておいてほしいの。ただし決断は、あなた次第だということ、そうでなければ、何の意味もなくなるから」

「ありがとう」このときは、彼は彼女の手を握り締めずに、彼女の手にそっと重ねた。それはちょうど、彼女の手のひらで気持ち良く横たわり包まれて、象牙の滑らかさと柔らかさに休息をえて、信頼して疑わない子供のような振る舞い。

　次にいよいよ帰りぎわ、彼はもう一度部屋のなかを見た。その包み込むような温かみを記憶するために、そうしているかのようだった。あるとき、こんなこともあった。あんまり可笑しいことがあって、彼は椅子から笑い転げ落ちていた。ジューナは、よく彼を笑わせた。そういう時には、彼の多くの束縛の鎖が切れたにちがいない。笑いほど、人の束縛の鎖を遮断するものは他にないからだ。そして、釈放された囚人のように、ポールが心の底から笑っている、この光景より大きな喜びを、それまでの人生で、ジューナは一つとして想い出すことはできなかった。

それから二日が過ぎて、ポールが旅行鞄を持って玄関に現れた。

これぞ休暇の初日と言わんばかりに、ジューナは彼を陽気に迎え入れた。彼女の手首のビロードのリボンを蝶々結びに結んでほしいと、いそいそと彼に頼み、ローレンスが親御さんと同居していて空き部屋もある家まで、車で彼を送って行った。

もちろん、彼女自身の家で彼を匿ってあげたかったが、彼の両親がやって来て、彼の居場所を見つけてしまうのが分かっていたから、それを避けてのことだった。

彼は親に一通の手紙をしたためた。彼の父親が手配した役員職の仕事でインドへ赴く前に、彼自身のために、自由にできるのは、たったの一カ月だけだということをと、この一カ月の間は少なくとも、誰であれ彼が親近感を感じた友人たちと一緒に過ごす権利があることを、今一度思い起こさせるための便りであった。彼は、かなり気脈が通じる人たちを見い出していたが、彼の両親が彼に強要することがらが極端なもので、彼の友人たちの誰とも会うのを禁じるというのだった。なので、彼の方でも同等に、自分の自由についての主張において極端であった。彼のことで気をもんだりされたくないので、今月末には、父親がお膳立てした計画に従ってやろうとしていた。

彼は自分の部屋にいることはなかった。というのも、三度の食事はジューナのところでとることに段取られていたからだ。ローレンスの部屋に旅行鞄を置いて一時間後には、もうジューナの部屋にいた。

彼と対面していると、彼女は自分自身が大人の成熟した女性である気がしなかったのだ。むしろ、彼女自身の人生の初期段階と言ってよい、頃は十七歳の少女である気がするのだ。それは、あたかも、十七歳の少女が経験したできごとによって滅ぼされずに生き残ったかのごとくで、また言いかえれば、地質学でいう深淵な地層が圧迫されてきたにも拘わらず、消滅されない上層の地層構造のようでもあった。

(彼は人の温かみに渇望しているようにみえた、が、それでいて、すごく臆病でもあった。私たちは、互いの捉えどころのない性格に引きとめあった。どちらが先に逃亡を謀るのだろうか？　性急に下手に動いても、不安がわき起こってしまい、二人を引き離してしまうだろう。私は彼の無垢に怯えているし、彼は私に知りつくされていると、彼自身信じこんでいることに怯えている。しかし、双方ともに、相手が何を欲しているのか知らないのだ。二人とも互いに引きつけられているのだが、傷つくことを怖れるあまり、その前に、それぞれに、いつだって姿をくらます準備はできている。彼の心のためらいは私のぐらつきと瓜二つであり、彼の寡黙さは私が彼の年頃だったころの沈黙にそっくり。彼の不安は私の不安に酷似しているのも、はなはだしい。）

彼女は彼に近づくと、彼の体を通って発信する振動を感じた。立ち込める霧をぬって彼の体に感じられるように近寄れと、彼の内に、彼女の動きの木霊《こだま》が反響していた。

彼の手が、彼女の手のなかでゆったりと包みこまれながら、彼はこう言った。「みんな、ぼくに、いろいろしてくれるんだ。ぼくが成長したら、他の人に同じことをしてあげるように、なれるかな？」

「もちろん、なれますとも」そう応えてから、彼が「ぼくが成長したら」と、あんまりおっとりと言ったので、彼女は彼のことが、急に少年のように見えてきた。だから、つい彼女の手がさっと伸びて、彼の目の上までかかった少年っぽい前髪を引っ張った。

彼女と打ち解けてくれて、彼からのお返しを期待したかのように、ちょっと、びくっと苦笑しながら、彼女は自分の手が動くままにしていた。

期待通り、彼はジュジッ〔柔術〕を試みて、彼女の腕を捕まえた、彼女が「痛いわ」と言うまでそうしていたが、彼は手を離すと、あることに気がついた。彼女の骨は、少年らのそれと同じくらい強くはないし、試してみてよく分かった、つまり、彼は自分の力を確かめることができたのだ。彼女を操るのに必要な十分すぎる腕力を、彼は兼ね備えているのだ。彼女を痛めつけるのは、彼にはわけなくできただろう。それに、彼女の顔が近く寄って彼女の眼が大きくまん丸に見開いて、きらきら輝いても、もう怖がったりしない、あるいは、彼女が踊っているときに、彼女の髪の毛が絹糸の鞭のように彼女の顔の前で急に跳ね動いても、あるいは、電話中に彼女がいっしょにいてくれることができなくなるかもしれない、ご招待への返事を、彼女はアラブ人のように、あぐらをかいて座りながら、その承諾を抑制する回答を話しているときでも、もう、彼は怖がらなかった。誰が電話で誘ってこようと、彼女はいつも断って彼と話をするために家にいっしょにいたというのに。

部屋を照らすライトは強烈に明るくなって、二人はその光を万遍なく浴びて、彼は不安の消失から輝いていった。

座ってデッサンをするも、読書するも絵を描くも、黙って静かでいるのも、彼は自然で気軽な気持ちでできた。二人を照らす灯りが、ぬくもりとなり、さらに、ほの暗さと親密さとなって二人を包み込んだ。

この二人の間に、距離を引き起こす十年という年月を、彼の面前で振り払ってしまうことで、彼女は彼女自身が無垢と信頼からなる、とても小さな家に再び入っていくのを感じた。といっても、彼女が捨てたのは一つの単なる役割にすぎなかった。彼女は、一人の女を演じていたのだ、しかも、これはずっと辛いことだった。彼女は一人の女である振りをしてきたのだ、そして今、この役割に馴染めないことがわかったのだ。それは今ポールと一緒にいれば、彼女は発達度合を変容させられて、中身は自分の真の自己に、もっと近づいてくるのを感じた。

ポールといると、彼女は熟女気取りの偽りの見せかけから、もっと傷つきやすい世界へと移行していき、苛まれる女性という、さらに面倒な役から、温もりのある、もっと小さな部屋へ逃げて行っていた。

あるときなどは、ポールと座りながら、セザール・フランクの『交響曲ニ短調』〔フランスの作曲家オルガニストが一八八九年に作曲した半音階的和声進行と転調が特徴でドビュッシーが絶賛した〕を聴いていたときだったが、彼の両の眼《まなこ》を通り抜けて、その鏡の向こうがわにある、信念という、もっと小ぢんまりとした絹糸で縁取られた住処《すみか》に、入ることを許された。

　芸術、歴史といった世界では、人は自分の不安と闘う、人は永遠に生きたいと願い死を畏れる、人は他の人間たちと働きたいと、いつまでも死にたくないと願う。人は死を恐がる子供のようだ。子供は死ぬことを、暗闇を、孤独を恐がる。全ての精妙な構造の裏に、なんと単純な恐怖が存在することか。明るさと温かさと愛情への飢餓という、そういう単純な恐怖。芸術の精巧な構成の背後にある、そんな単純な恐怖。少年の眼差しを通して、それら全て、一つ一つを、気を静めて粛々と調査してみよ。そこには、いつも決まって孤独な人間が、怯えた人間が、迷った人間が、当惑した人間がいる。自分の依存性、自分に必要なものを隠し、ごまかしながら、「この広大で複雑な世の中で、わたしは取るに足らない人間なのです」とは、とてもではないが、恥ずかしくて言えないでいる。なぜならば、一枚の木の葉に関して発見したことは……それは依然、一枚の木の葉である、ということに起因する。一枚の木の葉を、一本の木に、ある公園に関連づけることができるだろうか。つまり、緑色をして日に照ってか、雨に濡れてか、きらきら輝いている、あるいは、嵐の前ぶれに白い葉を見せている、一枚の純粋な木の葉に関連づけられるだろうか。野蛮人のように、その葉が露に濡れているか、照る日の光に輝いているか、嵐を畏れて裏に翻した白い葉か、立ち込める霧に銀色に映えているか、大暑に耐えかね葉を枯らしているが、あるいは、秋には落ち葉となって乾燥した葉となり、そしてまた春、毎年若葉となって新生するか、よく見てみようではないか。目で見た、その木の葉から学ぼう——単純性ということを。もっとも、その木の葉について精通しているにもかかわらず——その葉脈の構造はフィロム器官細胞からなる乳頭状の突起、柔組織でできた気孔葉脈と知っていても、だ。一つの人間関係を保とうではないか—木の葉、男性、女性、子供。思いやりのある関係のなかで。どんなに、この世界が広大でも、どんなに複雑でも、どんなに矛盾していても、男性、女性、子供がいつも存在している、そして、そこには、あの木の葉も在る。人間性が、あらゆるものを温め単純にする。それが人間性だ。人間性の流れを溢れさせよ、観念的な都市のいたるところに、抽象的芸術を通じて幾筋もの細い流れが滴りくだり、岩山に亀裂を入れて突き進み氷山を溶かしつつ。凍結した様々な世界が、空中彫刻なるモビールで作られた、空っぽの鳥籠の中で、心臓が幾つも、一個の電球から出た何本もの銅線みたいに、剥き出しになってころがっている。これらの鬱積し抑圧された感情の世界に、ひらり舞い降りた、一枚の木の葉のやさしさで、ぱっと、弾け、花咲かせよ。


翌朝、ローレンスがやって来た時、ジューナはベッドで朝食をとっていた。

「ぼくは無一文なんだ、だから、あなたのところで朝食をいただければ、と」

彼は貰ったトーストを食べ始めていた時、女中が入ってきて、言った——「玄関口に、お名前をおっしゃらない紳士がお一人、来ておられます」。

「何の、ご用かくらい伺ってきてちょうだい。わたしは、まだ身支度をしたくありませんから」

ところがなんと、訪問者は女中の後について、部屋のドアまで来て、今や寝室の中へ入って立っていたのだ。

抗議の一言を誰かが口に出す前に、その男は、いかにも昔ながらの悪党の口調で言った——

「おやおや、朝めしの最中ってこって？　えっ？」

「どちらさんですの？　奥まで上がりこんでくる、いったいどんな権利をお持ちというのですか？」と、ジューナが言った。

「わたくしは、あらゆる権利を持っていますよ――わたくしは、探偵ですから」

「探偵ですって！」

ローレンスの眼が、これは面白いことになりそうだと、パチッと大きく見開いた。

そんな彼に探偵の男は聞いた――「それで、君はここで何をしているんだね、お若いの？」

「ぼくは朝食をとっているところですよ」彼は最高に、ごく自然な感じで、にこにこして答えた。コーヒーを飲みつつ、ジューナにわたす一枚のトーストにバターを塗りながら。

「すばらしい！」と、探偵は言って続けた、「それで、わたくしは、とうとう、君を捕まえたよ。朝めしの最中ってこって、えっ？　お前さんの両親が、君の失踪で悲嘆に暮れてるっていうのに。朝食をとっているところですってか？　君はまだ十八にも満たないんだから、彼らは君を家に戻して、二度と外出させないことを強要できるのだよ」ジューナの方を向いて、男はさらにつけ加えた――「ところで、おたくは、この青年の何に関心を持っておられるので？」

ここで、ジューナとローレンスは、抑え難い笑いに吹き出してしまった。

「ぼくだけじゃありませんよ」とローレンスはとりついだ。

これでさすがの探偵も、彼の任務が一筋縄ではいかないのを悟ったか、二人からの協力に、ほとんど謝意といってもよい気持ちをあらわにした。

「いかにも、君一人ではないというんだね」

ジューナは笑うのをやめた。「彼が言っているのは、無一文になった者は誰でも、ここで朝食をとれるっていうことです」

「コーヒーでも一杯いかがですか？」と、ローレンスが生意気な笑みを浮かべて言った。

「君の話はもうたくさんだ」探偵は続けて言った、「君は私について来たまえ、ポール君」

「ちょっと、ぼくはポールじゃないですよ」

「誰だね、君は？」

「ぼくの名前はローレンスです」

「君はポール――を知っているのか？　最近、彼を見かけた？」

「彼なら昨晩、パーティーでここにいましたけど」

「パーティーだって？　それで、その後、彼はどこへ行ったのだ？」

「知らないですけど」ローレンスは言った、「彼のご両親のところにいると思ってました」

「どういうパーティーだったんだい？」と、探偵が訊いてきた。

しかし、ここで、ジューナは完全に笑みをとどめて、怒りをあらわにしてきた。「今すぐ、ここからお引き取りください」と言った。

探偵は彼のポケットから一枚の写真をとりだして、ローレンスの顔と照らし合わせていたが、全然似ていないのを確かめると、もう一度ジューナの顔を見ると、そこに彼女の怒りを眼で読み取るや部屋を出て行った。

彼が立ち去るやいなや、彼女の怒りは消え失せて、二人はまた笑った。ただ、ジューナの茶目っ気は、にわかに心配ごとに変わった。「でも、これは冗談抜きの事態になるかもしれないわ、ローレンス。ポールは、もう私の家には来れないかもしれないわ。それに、朝ごはんを食べにやって来ていたのが、ポールであったとしたなら！」

そうして、また別の状況が頭をよぎり、彼女に一撃をくらわすと、彼女の顔つきは愁いを帯びた。「力づくで家に戻そうとするなんて、いったい、なんていう親だろう、ポールの親は」

彼女は受話器をとると、ポールに電話をかけた。ポールはさすがにショックを受けた様子を声に出して、こう言った――「両親が、ぼくを力づくで家に引き戻すなんてできないよ！」

「私は法律のことを知らないわ、ポール。あなたは、私の、この家に近づかない方がいいわ。どこか別なところで、私があなたに会いに行きましょう――そうね、バレエ劇場はどうかしら――様子を見るまでは」
二、三日の間、二人は演奏会や美術館やバレエ劇場で会った。でも、二人は、誰にも後をつけられずにすんだようだ。
ジューナは、彼が、かっさらわれて連れていかれて、二度と会えなくなるのではないかと、ほっと息つく間もなく怯えていた。彼らの重ねる逢瀬は、何度も繰り返される別れの挨拶による不安を呈していた。彼らは毎回あたかも、これが最期の見納めかのごとく互いを見つめ合った。

失うことへの、この不安から、彼女は彼の顔を、その一面一面を、あらゆる顔付きを、いつもより長めに、ちらちらと見ていた。彼の声の抑揚も一つ一つ、かように彼女の内面へ、より深く染み入り、行く末の喪失に備えて貯え取っておくために、さらに深く、より深く、その声は浸透していき、その声が消え去らないようにと挑むものだから、ますます彼女の心に染み込むのであった。

溌溂とした現在のポールを見ていただけではなく、彼女は将来のポールをも見たのだと感じた。彼女には、あらゆる表情が、将来的力の兆し、将来の洞察力、将来の達成と見なして読むことができた。彼女による将来のポール像は、現在を明るく照らしだしていたのだ。彼女以外の他の人たちというのは、彼が初めてお酒に酔った具合とか、社会に第一歩を踏み出したことや、彼自身の動揺と矛盾する行動を経験している若者として、見ることが可能であった。しかし、彼女としては、むしろ誰もまだ見たことがない、将来有望である、片意地に意志を通す、断続的に現れる内に秘めたる力をもつ、もう一人のポールと共に生きているのだという感じが、おのずとするのだった。

思春期というころの雲や霧が消え失せるだろう時期になれば、なんと完全で豊かな人物になっているだろうことか。感受性と知性からなる混合物が、様々な彼の選択を動機づけていき、思慮の足りない浅はかさを捨てつつ、「平凡」には一歩の踏み入れも妥協せず、並外れた素晴らしさをかぎつける、あやまたない的確な直覚力を携えた人物に。

この将来のポールを、地の底への道筋は隠されていても、私には可視できる、その根深い鉱床にある、やさしさという能力を所有する人物を、彼の両親は、なんとお粗末にしか分かっていないことか、力ずくで彼を家に戻させるために探偵を寄こして来させるとは。

誰もまだ知らないポールという人と一緒に暮らしていた。あの巧妙な探偵たちの手からさえも、とても届きはしない秘密の関係を結んだ、全世界の理解をも遙かに超えた関係において生活を共にしていた。

ヴェールで包まれたような声を受けて、彼女は秘められた温情を感じたし、いくつもの躊躇いの下に秘められた精神力を感じとり、様々な不安のなかで、つかむのも叶えるのも難しい、普通よりもっと広大な夢を感じていた。

ある午後を彼と過ごした後、彼女は一人でベッドに横たわっていた。部屋の真んなかの天井から、彼が彫って作った鳥が螺旋状に軽やかに旋回していて、彼女の涙が、あまりにもゆっくりと目頭を熱くしたので、頬を伝って流れ落ちるまで最初は気づかないほどだった。

彼女の身も心もが、この我慢できないほどの和《なご》みに、ほろりと涙する——ポールのあの顔を目の前にして、一つの完璧なまでの解きほぐし。それと、彼の体が発する、あの声無き語り、そして、彼が熱望している、努めて達しようとする、手探りで探し求めている時々の、あの落ち着いた流儀。それは、ある囚人がドアというドアを一つずつ、部屋という部屋を一つずつ、廊下という廊下を一つずつ、光注す出口へ向かって急がずに徐々に脱出を図っていくさまのようだった。その牢獄とは、彼を囲ってたてられた心の闇なのだった——彼自身に関する、彼の必然性に関する、彼の真の本性に関する闇だった。

あの両親によって創設された孤独な独房だった。

彼は何も、彼の真の自己について、何も知らなかった。しかも、こういう無知が、まさにちょうど、足枷の鎖のように都合よかったのだ。彼の両親も彼の教師たちも、彼らにとって好ましい偽りの自己を一つ、単に、彼に押しつけていたのに過ぎなかったのだ。

ここにいる、この少年を、彼らは知りはしないのだった。

とにもかくにも、このほろりと溶けるような甘い哀愁の感情は、あってはならないのだ。彼女は自分の顔を、今は、右の方へ向けた、あたかもそれは、瞼に映ずる彼の姿を逸らすかのようだった。そして、こう呟いた——「私は彼を好きになっちゃいけない。私は彼を好きになっちゃいけない」。

玄関のドアのベルが鳴った。彼女が起き上がろうとする前に、彼は、すでに部屋に入ってきた。

「ああ、ポール、ここはあなたにとって危険なところだわ」

「ぼくは来られずにはいられなかったんだ」

そう言いながら、彼女の方へ向かって来る歩みが止まったとき、彼の体が、あるメッセージを示唆しようと模索していた。彼の体が何を話そうとしていたのか？　彼の眼は、何を語ろうとしていたのか？

彼は、あまりにも、彼女のすぐそばに近づいていたし、彼の眼が、彼女を抱き込むように見つめるのを感じて、彼女は取り急ぎお茶を入れ、盛り皿と食べ物を、彼らの間に据えた。まるでそれは、幼い子供のころに遊んだ、あの海辺で、波が、あっという間に浚っていった、砂で作った、脆い城壁のように、二人の間に置かれた！

彼女は喋った、が、彼は聞いていなかった、彼女の方も、自分の言った言葉は上の空だった、彼の微笑みが彼女を貫き、奥深く入りこんだからだった、もう、彼から逃げ出したかった。

「ぼくは知りたく思いまして……」と彼は言いかけて、言葉が宙に浮いたままになった。

彼はあまりにも、ぴったり、そばに腰かけた。彼女は抑えきれないほど、とろけそうになり、我を忘れるのを感じたが、それでも、彼を封じるために、どこかの扉を閉めようと必死になった。「私は、彼を愛しちゃいけない、私は、彼を愛しちゃいけない！」

彼女は、わずかなりとも、彼から離れたが、それでも、彼の髪の毛が、彼女の手すれすれまで垂れてきていて、彼女の数本の指は磁石に引かれるように、その髪の毛にそっと、戯れるように触れてしまうのだった。

「何をお知りになりたいの？」

彼女自身が震えているのを彼は気づいていたのだろうか？　彼は答えなかった。彼はす早く、もたれかかってくると、彼女の口全部を彼の口で捕らえた。彼の内なる男性全部が、断固たる強情な渇望した直撃となって突出してきた。接吻一つで、彼は彼女を専有した彼の所有欲の強さを自己主張して余り余った。

彼が彼女の口を奪って、二人とも息が切れるまでキスを交わしていたとき、二人寄り添って横たわれば、彼の力強い温かな体を肌で感じた、彼の曲げられない恋情を感じた。

彼は自分の手を彼女の体の上に、ためらいがちにそえた。なにもかもが、彼にはめあたらしかった、女の人の首、女の人の肩、女の人の服の留め金とボタンが。

発見を重ねる道程のはざまで、快楽の火花が、彼の手を案内し導くまでは、明滅に揺らぐ瞬時瞬間の、様々な半信半疑は否めなかった。

彼が彼の手をすべらせたところは、誰もまだ、その者の手をすべらせたことがないところだ。これはあなたのものです、と伝えるより以前には、決して気づかなかった指、そんな彼の鋭敏な指という指の内部に、今、新しい細胞が次々と目覚めたのだった。

今、その指で初めて触れられている女性の胸は、今まで一度も、その指で触れられたことはなかった胸である。

彼は、いまだかつて涙したことがない、その切れ長の青い眼で彼女を見つめた。すると、彼女の眼は洗い清められ光を浴びて輝き、済んで明るくなったので、彼女のその眼は、昔涙したことを忘れてしまった。

彼は、一本とて抜け落ちたことのない彼の睫毛で、彼女の睫毛を愛撫した。すると、今までの涙に洗い流されて抜けた彼女の睫毛は元に戻された。

彼は熱っぽい枕に、もみくしゃにしたことなど一度もない彼の髪の毛に、数々の悪夢と結び目を作り彼女の髪の毛と混ざりあえば、また、その縺れをほどきもした。

哀しみがゆえに、奥深く彫り刻まれた潤沢な洞窟の中で、温情が永久に湧き出る源泉をしっかり掴もうと、彼の青年らしい突き刺しは何度も打ち込んできた。

その体の最後の秘境を目前にして彼は躊躇していた。彼は突き刺し押し入ったのだ、しかし今、彼は動きを中断した。

女性の秘密の砦の中で安らぎ、じっとしたままでいる人がいただろうか？

全くの沈黙のただなかで、二人は横になっていた。

彼のうちに興奮が高まり活力が上昇し熱烈さを必要として、体と体が緊張した。

彼女のほうが一度、波のうねりのように体をくねらせた、すると、この波動が彼のなかの情欲の渦巻を解き放ち全ての銀製の短刀から出る、ひしめく快感に乗じて、ダルウィーシュの踊りへと流動していった。

恍惚から同時に目覚めると、二人はたがいに微笑み合ったが、彼は微動だにしなかった。彼ら二人は、その細身と細身を、その双子のような脚と脚を、その腰と腰を合流させて横たわった。

木綿が呈する静けさが二人のまわりを隙なく覆いつくしていた、二人の体と体を包み込んでいるキルトの柔らかさにまかせながら。

彼らを流れに乗せて運んでいく炎の大波は、やさしく二人を岸に打ち上げてやり、浜辺の小さく丸い泡《あぶく》の中に、そっと横たえさせてやった。


テーブルの上には、極めて大きな花瓶一杯にチューリップの花が生けてあった。彼女は花のほうへ歩みだした、手で触れられる何かを求めて、彼女の歓喜を注ぎこむために、彼女が感じたあの高揚を表したくて。

彼の両の手で開かれてきた、彼女の肉体のあらゆる部分が、今度は彼女の気持ちと調和した全世界を開けたいと焦がれていた。

まるで秘めやかな詩趣に富めるもののように、まるで肉体の秘密を守るもののように、とても固く密閉された、たくさんのチューリップの花々に、彼女は見入った。あの日常生活の、どこにでも見うけられる普通のチューリップの花、一輪一輪を手にとった後ゆっくりと花びらを開いていった、やさしくそっと、一枚一枚の花びらを開いていった。

なんと、あの平凡なチューリップの花々がエキゾチックな花芯を露呈して、珍しい花々に変身した。密閉された秘め事から花弁を咲き広げ、茎がしなる開放へと変わっていった。

するとと、ポールがこう言うのを彼女は耳にした――「そんなことは、しないでください！」

彼の声は大きな不安を伝えていた。彼は繰返し言った――「そんなことはしないでくださ

い！」

彼女はその不安に、ぐさりと突き刺された痛みを感じた。どうして彼は、それほどまでに、

かき乱されたのだろうか？

彼女は今一度、花々に見入った。不安に顔を曇らせ枕に横たえている、そのポールの顔を見たとき、彼女は彼女で不安に圧倒された。時期尚早すぎた。彼が愛せるようにと彼女を開け放ったにせよ、早すぎたのだ。彼の心の準備ができていなかったのだ。

あんなにもやさしく、あれほどまでに思いやりをこめた指先でも、あの最大の愛情をもってしても、はじめからずっと早すぎていたのだ！　彼女は、そのあるべき時を強行したのだ、ありきたりなものから風変わりなものへと変えるために、彼女が、あの花々を無理にこじ開けたのと同じように。彼は心の準備ができていなかったのだ！

今になって、彼女は自分自身のとまどいや、彼から逃げ出してしまいたい衝動が理解できた。

いくら彼から、最初のそぶりを見せてきたとしても、彼女は知りながらとはいえ、彼を不安から救ってあげるべきだったのに。

（ポールは、手で開かれたチューリップの花びらを見ていた。そしてその花たちのなかに、何か違うもの、彼自身ではなくジューナを、ジューナの開けられた体を探していた。彼が彼女の体を開け放ったように、彼女に花々を開かせるな。沈黙の途轍もない波間で、両手、皮膚、歓喜は催眠状態であって、彼の耳、悲しげな声が聞こえた、しかしそれでも、彼女の喜びが彼女の顔にでているのを、彼は見たのだった。彼女の体への突きは、彼女を痛めつけてしまったろうか？　まるで短刀で誰かを刺すようだった、この欲望は。）

「もう、服を着るわね」と、彼女は静かに言った。彼女はチューリップの花びらを元に戻すことはできなかったが、彼女自身に衣服をあてがうことはできた。彼女が再び自ら閉じることもできたし、彼にも閉じさせることができただろう。

彼女の様子を見つめながら、彼は再び、力の強烈な高揚を感じた、あの不安より、もっと激しさを増したものが湧き立つのを。「まだ服を着ないで」

もう一度、彼は彼女の顔に笑みを認めたが、それは、今までの最も陽気なときでさえ見たことがなかった新たな微笑みであり、そこで彼はこの謎を受けとめて、彼自身の歓喜に身を委ねるのだった。

彼女の傍らで彼の心臓は激しく鼓動した前戯の、この時間に集約した乱暴なまでのパニックと歓喜の状態だ。彼女の横で、この荒々しく鼓動する彼の心臓は、彼女の心臓に接して鼓動している、そうして、次はリズミカルな拍子で、そして、波動する音量の高低、そして、目をくらますような同時の溶け込み、それからは、二人の体にわずかの亀裂も生じなかった。

この嵐が過ぎた後、彼は全く微動だもせずに、彼女の体の上で横たわり、夢を見ていた、静かにまどろんで、あたかもそこが避泊港でもあるかのように。彼はそこに、送られて、当惑して、我を忘れさせられて、横たわっていた。彼女は喜んで、彼の重みをささえてはいたものの、しばらくして彼女の体は痺れをきたして痛くなった。彼女は少しだけ動いたので、彼は聞いてきた——「ぼくはあなたを押し潰しているかな?」

「あなたは私を、一枚のウエハースぐらい、ぺっしゃんこにしているわ」と、微笑みながら答えると、彼もまた笑みを返した、そして、二人して声を出して笑った。

「もっとよく、君を食べるためだよ」

そして、大喜びで彼女を食べているかのように、彼は再び貪るように彼女にキスをした。

それから、彼は起き上がり絨毯の上で、でんぐり返しをした、明るく意気揚々とした身振りだった。

彼女は仰向けに横たわったまま、部屋の真ん中の天井から吊り下がった銅版の鳥が旋回するのを見つめていた。

彼の陽気な気分は急に溢れるばかりに高められ、うれしくて空中で一跳びしてから彼女の方へ戻って来て言った、

「ぼくは父さんに電話をかけたいのです」

彼女には意味がわからなかった。彼は彼女の体にもたれかかると、彼女の胸の上に彼の片手を置いたまま、彼は父親の電話番号をダイヤルした。

これで、彼の父上に何を言いたいのか、彼の顔に書いてあるのが、彼女にはよく分かった――つまり、父親に電話をかける、前は到底言えなかったことを話す、今や彼の生まれ変わった体全体が話たがっていることを――つまり、ぼくは女をものにした！　俺の女だ。わたしは、あなたと対等ですよ、父上！　わたしは男ですよ！

彼の父親が電話を受け取ると、ポールは、いわゆる一人の息子が、その父に言える普通の言葉しか話せなかった。ただ辛うじて、その普段のせりふを大得意の尊大さをあらわにして口に出していた、まるで彼の父親が、ジューナの胸元に置かれた彼の手を見ることができたかのように――「父さん、ぼくは今ここにいるんですよ」

「どこにいるんだ？」父は厳しい口調で返事をした。「家ではお前の帰りを待ってるんだ。これからもまた、友達に会ってもいいけど、母さんをがっかりさせないためにも、家に帰って来なくてはいけないよ。お前の母親は、お前のために、もうちゃんと、夕食を、こさえてくれているよ！」

ポールは笑い声を出した、少年のときには、そんな笑い方をしたことは一度も無かったような笑い方で笑った、ただ、受話器は、彼の片手で覆われていた。

よりにもよって、こんな日に夕食を共にしようなどとは！

彼の両親は奇跡というものを信じていなかったのだ。この電話越しに、彼の父親は、息子が彼の女をものにして、その彼女がそこに微笑みながら横たわっているのを聞きわけ見透すべきなのに。

父は今また、いったい何を命令しようというのか！　彼の息子の内に在る新しい人間と、その新しい声を聴く耳を持たないのか？

彼は電話を切った。

彼の前髪が、彼の熱望的な両眼にかかっていた。ジューナは、その髪の毛を揃えた。彼はその手を阻止した。「ああ、もう、あなたはそんなことはできないのですよ」そう言うと、彼は彼女の首の一番やわらかいところに、彼の歯を立てた。

「大いなる恋人になるために、あなたの歯を磨いているってわけね」


欲情が彼を圧倒した際はいつだって、満潮が押し寄せる直前のように、彼の心臓は、殆ど苦痛をともなわず激しく鼓動する瞬間があった。それは彼女にキスをしようと瞼を閉じる前に、この気持ちに身を委ねる前に、彼はいつだって、注意深く鎧戸と窓とドアを全部閉めてまわった。

これは、ひそかな行いであったゆえ、彼に注がれる世間の目を恐れてのことだった。世間は彼の行動全てに目を凝らしていたし、そのどれもが非難の目つきで彼を監視していたのだ。

それは、そもそも、彼の幼少期から根づいていた秘密の心配事に由来していた——つまり、いろいろな夢や願望や、行為や楽しみごとで、両親の目からは叱責を起こさせるものばかりだったことだ。彼は賛同の、愛情の、感嘆の、承諾の一瞥すら思い出せなかった。ずっと昔から、彼は秘密主義を叩きこまれてきたことを思い出していた、なぜなら、自分から、あらわしたことが何であろうと、反対か、お仕置きかを喚起させるようだったからだ。

彼は隠れて『千夜一夜物語』を読んだ、彼は隠れて煙草を吸った、彼は隠れて夢を見た。彼の両親が、いろいろと彼にたずねてきたのは、後で彼を責めたてるために話をしにきたのにすぎなかった。

そういうことだから、彼は鎧戸を全部、カーテンを全部、窓を全部閉めてから、彼女のそばに戻って、やっと二人して二人の抱擁を秘密にするために、二人の瞼を閉じた。

ソファーの上に、彼がことのほか気に入っている編み込みのブランケットが掛けてあった。そのブランケットを、テントのように頭から覆って座るのが好きだ。編み目の隙間から、ちょうど東洋《オリエンタル》の格子越しのように、彼は彼女と部屋を見渡すことができた。そのブランケットの外に片手を突き出して、彼の小指で彼女の小指を探しあて、しっかりとつかまえた。

阿片を吸って見る、ある夢のように、この小指と小指を絡ませ触れ合うことは計り知れない意思表示、二人の間柄に架けられた、まさに壊れやすい橋となった。この小指で、そんなにもやさしく、そんなにもやわらかに、彼女の小指を引き寄せることによって、今まで誰もしたことがないやり方で、彼は彼女の自己全体を受けとめた。

彼は、こうやって彼女をブランケットの下に引きずり込んだ、ある一つの夢の中でのように、一つの暴力的な強引さよりもっと強い力、つまり、最も偉大な力を含んでいる、ちょっとした細やかな身振り一つで引きずり込んだ。

いったん、そこにそうしていれば、二人は全世界からも全ての脅迫からも、父と探偵からも、世界中の恋人たちを離してしまうために直立した全てのタブーからも、安全だと感じたのだった。

ポールのお父さんがこの近所まで車を走らせてきていたと、ローレンスが息せききって警告しに駆け込んで来た。

ポールとジューナは一緒に夕食をとっていて、その後バレエを観に行くところだった。

ローレンスが、その警戒情報を持ち込んで来たときは、ポールが色付けを施し終わった鳥の羽を、ジューナがその髪にさして飾り付けているときでもあった。

ポールはさすがに少し蒼ざめたものの、笑顔をつくりなおして言った、「ねぇ、ウエハース、もしも、ぼくの父親がやって来た場合に備えて、もうちょっと、見映え悪くしていただけます？」

ジューナは、顔の化粧を全部洗い落としてきてから、ふわりと優美な鳥の羽を髪の毛から抜き取った。そうして、二人は並んで座ると、これでポールの父親が来ても準備はよしとした。

ジューナはこんなことを語り出した――「あのね、ずいぶん昔に、オーストリアで本当に起こったことなんだけど、カスパー・ハウザー〔ドイツの伝説的な孤児で、奇怪な一生をおくる〕の話をしようと思うのよ。カスパー・ハウザーが道に迷い、途方に暮れた彷徨《さまよ》い人として街に現れたのは、彼が年のころ十七歳ぐらいのときだったの。彼は幼いころから暗い部屋に閉じ込められていたの。彼の本当の素性も、監禁のわけも、不明のままだとか。ある裁判官の陰謀説に因るとも考えられていたそうなの。つまり、もう一人別な統治者と、すり替えるのが目的で入れられてきたか、または、彼自身が、オーストリアの女王の私生児だったのではないかということなの。そうこうして、彼を見張っていた看守が亡くなって、少年は自由の身となっていた。孤独のうちに、彼は、子供の心を持った大人の男へと成長していった。彼には一人占めできる夢がたった一つあって、それは一つの記憶に残る事柄とも、彼が見なしたものだった。というのは、彼はかつて幼いころに、あるお城に住んだことがあった。あるとき、彼は自分の母親に会わせてもらえるというので、ある部屋に案内されていった。彼の母は、扉一枚の向こう側に立っていた。けれど、彼はついぞ一度も、母に手を差し伸ばすには至らなかった。これは一幕の夢だったのか、一時の記憶だったのか？　彼としては、その城と、あの彼の母を、もう一度捜し出したかった。全市民は好奇心から、彼のことを採択した。彼の潔白、彼の直感的無邪気な本能が、むしろ人々を激怒させたと同時に、関心を持たずにはいられなくさせた。そんな彼のことを、人々は、いじくり、不正に変えようとした。人々は自分たちを信用させてから、彼を欺き、彼に教え込み、意のままに操った。ところが、その少年には、彼らの私利私欲が裏切りが嘘が、嗅ぎ取れたのだ。彼は、彼の夢あっての彼だった。彼の生まれ故郷と彼の母の元へ、彼を連れて行ってくれると約束してくれた男だけに、彼の全信頼を委ねたのだった。ところが、この男は彼を裏切って彼を敵対者らに手渡してしまった。ただ、彼は死ぬ直前に一人の女性と出会っていた。その女の人は、彼があまりにも若すぎて、彼女の気持ちを抑制するには息苦しいほどで、とても彼を愛する勇気は起こらなかったという。でも、もし、この女の人が難儀をものともせず、意を決してくれていたなら、彼はあの運命から逃げきれたかもしれなかった」。

「どうして、その女の人は思い切らなかったの？」ポールは尋ねた。

「彼女は、ものごとの進行を妨げる障害物しか、目に入らなかったのでしょうね」そう言ってジューナは言葉を続けた、「たいていの人たちは、切り抜けるのが困難な事態だけにとらわれて、結局、その邪魔の手に前途を塞がれてしまうのよ」

（今や何も、あなたを傷つけることはできないわ、ポール、一切の危害は、あなたに降りかかることはできない。あなたは、遂に自由の身になったのよ。あなたは、快調にスタートしたわ。あなたの欲望に応える最初の対象に愛されたわけだから。あなたの初めての欲求はかなえられたのだから。わたしの場合は、事の始まりが、もう最悪だったから！　わたしは扉が閉ざされたまま始まったわけだから。これには、わたしは、傷ついたことといったらなかったけれど、あなたは少なくとも、達成感をともなって始められたじゃない。あなたは精神的苦痛を受けなかった。あなたは、拒絶されたりしなかった。権限という脅威に身を曝《さら》しているのは、このわたし一人なの。それだから、わたしに許されているのは、よき船出の始まりを、あなたに差し出した後は、あなたを引き渡さねばならないわ。）

二人は、こうして一緒に座り込んで、あの父親がやって来るのを待った。

ローレンスは、そんな二人を置いて帰っていった。雲行きが怪しい、この気がかりな状態が、彼を不安に駆り立てていたのだ。

ポールはというと、お箸を使って、どうやって、ご飯を食べるのかジューナに手解きをしていた。その後、ご飯粒をきれいに拭き取ると、お箸を、それぞれの手に一本ずつ持ちながら、まるでバリのワヤンの影絵芝居に出てくる人形を操るように、彼は両手でお箸を動かしていた。それから、二人が、その影絵の操り人形でもあるかのような身振りをしながら、話をした。もっとも、あのワヤンの語り〔インドネシアの影絵をもとに、古代叙事詩の『マハーバーラタ』や『ラーマーヤナ』などを語りとガムランで演じる〕の思想を系統立てて、再現しようとは恐れ多くも思わなかったけれど。

二人はこうして一緒に座り込んで、あの父親がやって来るのを待った。

ポールは、今度は、あのちょっと生意気で小癪《こしゃく》なマリオネットを糸で操るかのように、二本の箸を右、左、それぞれの手に、しっかり持って、身振り手振りで人形師の真似をしていた。

それからすぐに、ポールといったら、二本の箸を器用に使っておどけながら、ジューナのブラウスの一番上のボタンを外してみせたものだから、二人して笑ってしまった。

「バレエを観に行くなら、そろそろね」と、ジューナは言葉をきりだした。「どうやら、あなたのお父様は、今夜は、もういらっしゃらないわ。そうじゃなかったら、もうとっくに、ここにいらしていてもよさそうなものでしょう」

そのとき、彼の顔に欲望の啓示を照らす光明が射すのを、ジューナは見逃さなかった。

「待って、ジューナ」彼は手で、ブラウスの二番目のボタンをはずすと、次のボタンもゆるめた。

そうしてから、彼女の胸に顔を埋めながら言葉を添えた、「今晩は、もうどこへも出かけるのはよそうよ。ここにいようよ」。

取るに足らない、さざ波や、浅瀬に立つ波ごときを、ポールは見下していた。彼が抱く様々な、果てしない夢に相当するような、広漠とした拡がりにのみ惹きつけられた。かなり大規模な手段でもってして、彼は世界を獲得せねばよしとはしない。それは、一つの広範な王国を統治して、かなりの絶対的指揮を展開させることでなくてはならないのだ。

一人の子供が自分のことを王様だと思うとしたら、彼もまたそのように、我が身は王なりと感じていたといえるだろう。それは、普通の人たちの地図には載っていない王国のことだ。ありきたりや、知り尽くしは、お呼びではない。途轍もなく拡がる洋々たる世界や、未知の世界だけが彼の期待に応えうるものだった。

ジューナという女《ひと》は、底無しの過去という世界に頭から身を投じ、その波及的な痕跡を反響させてものともせず、なおも過ぎ去りし世界に突入するのだった。それは、彼が完全に探査するのは絶対に不可能な世界だった。ジューナに触れ愛撫すると、彼は、ジューナが受けた過去の受難の一つを口にした。すると、その味わいは一つの芳香を生み出したのだ、さらに深遠なる、さらに謎めいた、すばらしい世界をつくる、かぐわしき体験となった。見聞から成る薄暗くどこまでも続く樹林、名がない河川、謎に包まれた山脈、深く埋もれた資源豊かな鉱床、秘訣の知識で溢れんばかりの洞窟を、彼が、感じることができた世界だった。大胆不敵な冒険家のための、無限の拡がりを意味していた。

とりわけ、ジューナは彼にとって、彼の「海」であって、「男が女を、自分の愛する女性と決めたときには、男は、海洋の拡がり全ても占有するのです」と書いた文を、ポールはジューナに送った。

大海にうねる波、一人の女性の情愛からなる大波の飛沫！

ジューナこそは、その大波の間に間に漂い、彼女の情熱や、ときとして、彼をもってしても、真向から乗れないほどの高波となって湧き立った！

危険覚悟の冒険や未知なる果てしない世界を好んでやまない彼は、また同等に、逃避せねばならない必要性を感じずにはいられなかった。海水の中に引き込まれ沈められてしまうかもしれないという、海のあの恐さから、ある程度の距離と隙間を保って、自分の身を守るためにもそうしなければならなかった。

飛翔……沈黙のなかへ、あるいはまた、姿を見えなくすることへ、つまり、床に座っていながらにして、そこには、いないような不在感をかもしだして、視覚から身を外すのだ、そう、彼が読んでいる本の中へでも、描いている一枚の絵の中へでも、聴いている音楽の曲想の中へでも、消えてしまうことができる不可視性の能力をもってして、飛び移るのだ。

ジューナはポールの、なんとも華奢で繊細な小指に釘づけにされていた。その指の柔らかなしなやかさに、ただただ圧倒されたからだ。

(彼は透き通った子供というわけである。)

芸術作品のように彫り込まれ、美的感覚を駆使して手の込んだ細工が施されると、いよいよ骨を組み入れられた、この透き通った指を、ジューナは目のあたりにしていた。その指は、そよとした風に乗ってか、魔法にかけられてか、ねらいを定めしもののもとに、空中から舞い降りてきたようでもあり、その指のもつ驚異と、一日限りの短命が、運命のような特質に、彼女の内で情熱の波が高く立ち上がった。その情念の波長は、まさにあの大海に、ただもう、うねり逆巻く波のごとく、その泳ぎ手を、海底に引きずり込むつもりなど露ともなしに、激しく打ち砕ける波のあぶくで包み込んで、その彼を、取り込んでは引き放ち、波の間に間に繰り返されるリズムに乗せていた。

ところが、ポールはというと、初心者の泳ぎ手にありがちな本能がはたらいてか、蜷局《とぐろ》巻く波の真っただ中へと、自ら飛び込んでいけば、助かるのだ、ということを直感していた。そうすれば、むしろ体は恐怖から忘我の域へと浮上して、傷一つも負うことなく無事に、岸辺に届けられ、戻れることを感知していた。しかし、意外にも、あるときは、この海中での大きな内巻きは岸から返す引き波に見せかけて、実は、海中深くへ巻き込む強い底流が正体なのだ。この流れに、とらわれようものなら、彼とて自分の力及ばず、ふたたび浜に帰還するには力不足だと観念せねばならなかった。

そうなれば、幼少時代に身を委ねるという、ポールが最近やりはじめた、もっと容易な楽しみごとにかかわりはじめるのだった。

そんなときは、一枚の絵の上に、上半身を曲げて厳かに、かがみこんでいる彼の姿をジュナは目にした。この態度を、彼がとるのは、他人行儀なところを見せようというのではなくて、あの、表面は一見どこからも開けられないような、からくり箱《チャイニーズ・ボックス》の中に内緒話が隠されているように、彼は、錬金術師が秘術をくべている姿にも似た座り方をして見せているのだ。

彼は、子供らがそうするように座り込んでいた、磁石に引かれるように魅せられてしまう無関心の壁を張り巡らせて、その時どきにおいて、彼独特の独りぼっちの世界に閉じ籠もるというわけだ。

そうしてから、今度は、年の功から、巧みに交わす年長者がするように、たいした客観的な妥当性を実行するまでのことだった。それにまた、どうにもならない個人的な厄介事のいっさいがっさいを、抜け目なく回避するやり方で、長期的展望を、とりあえず実践してみるまでのことだった。つまり、ポールは今の現実からも個人からも、本物の自分自身を、とりのぞいていたのだ。それは、チェスの最高に難解で込み入った戦功法を披露しはじめるとか、ダーウィンが人間の眼と顕微鏡との類似点について、論じたことをジューナに説明したりとか、ヒラメだかカレイについて、体の非対称性が、なんと驚くべき珍しい生体であることかと、学問的に論じたりすることによって、現時点での自分から退去、移動させていたのだ。

それでジューナはというと、その科学、化学、地質学を探求する遠征旅行《サファリ》へと、後について行った。惰性的な気だるさからではなかった。あのポールの小指が瞼に焼きついて、どうにも拭えきれず、激しい情熱の大波となって、実際ジューナの心を掻きたてた事実からであった。なぜならば、彼女の印象を大きく揺さぶって離さないものを目のあたりにした驚愕の心情は、探検家たちが行きついて、はじめて見た山の頂きや、科学者の新発見と同じように、はかり知れなく壮大な感動だったのだ。

生活の営みのただなかで、こういう状況にあって、人はいかに熱狂に浸り、その興奮の熱にうかされてしまうものかを、ジューナは心得ていたはずであった。けれども、雲海をはるか下に飛翔して、あの高さから見る景観の美しさへの高揚と、今ジューナ自身がポールの小指に想いふけることで、旅《トラバース》する青春という情景に拡がる錦のように、微妙なグラデーションを、かもし出す色彩の変幻の美しさとの違いが、いかばかりあるのか、もはや分からなくなっていた。

　ポールが考えていることも感じていることも、はっきりとは言いあらわせない、あの何とも曖昧な彼の言葉という言葉から、今だ辛抱強く掘り出しの過程にある形成半ばの夢が、何とかとらえられた夢の序章《プロローグ》が、ペルーにおける文化人類学上の、数ある発掘の研究成果に増して素晴らしい、とでもいうのだろうか。ポールの本当の気持ちを偽らざるをえない状況と、途轍もなく、振り絞った勇気の影に秘められた不安感への痛みとの、はざまで定まらず、いつも苦労を引き受けねばならないはめになる、彼の傷つくことへの感受性の極地から成る心の動揺が、未開の山林に生い茂る希少価値ある樹林より、種々多様でないことはありえなかった。

　ポールがジューナに恋したことに目覚めた、この意識の誕生は、彼女にとって、科学における、どんな大発見にもまさる、賞賛すべき驚異にも劣らなかった。ポールの内面で起こる突発的な熱情は、その時どきで様相の変化に富んでおり、彼の怒りもまた、その折々において不可思議に表されては、一転、彼の心情が穏やかに落ち着きを保って晴朗なるも、この変幻自在なありさまは、へき地の果て、未開地帯に於ける気候の調査研究に劣らぬほどの価値あることだった。

とはいえ、ポールには越えがたいほどの大波が目の前に押し寄せるときがある。あの非の打ちどころがない、驚異的なまでに完璧な両手の上に雨のように降り注がれる、エクスタシーの泡よりも、ずっと大きい円蓋のある大波である。快感が続いているときの一瞬のまた何分の一かの間、彼自身が横たわれる束の間の子宮の丸みよりも、もっと窪みの深い大波なのである。そんな大波に直面して、気づかうやさしさの浸透とともに、劇的な情熱の洪水が穿《うが》つ隙間を、いっさい露呈しない表面でつくられている、あのからくり箱《チャイニーズ・ボックス》のような様相で、ポールは座り込んでいるのだ。そんなときは、どんどん膨らんでいったジューナの衝動的感情は、安っぽいピカピカした飾りを、かぶったように光る幾多の小波となって、砕きはじかれたのだ。それは、今までにない痛みをともなうもので、この青年との無謀なまでの不釣り合いを、ジューナ一人こっそりと恥じ入るのだった。青年はそこに座り込んで、若者を支配する若さゆえの感情も思考もいっさいがっさいを、表に出しているというのに——若者の断続的な男らしさを、若者の壮大な夢という夢の数々と、その底なしの拡がりへの彼自身の慄きを、若者の成熟そのものと同時に、幼年時代という囲い庭から出で立った若者を導いている、今の成熟期への途惑いを全て、さらけ出しているというのに。

そうしていつしか、大きい方の波がいくつもの、もっと小さい波に砕け散っていくと、ポールは、水底に引きずり込まれる危うさから解放された。およそ全ての思春期にともなう、秘儀なるところの、取りつかれたような感情への不安からの解放であった。ポール自身の心の内の隠遁の地に勢いを取り戻したら、彼はジューナの熱烈な気持ちに応じて戯れ、かき乱しながら活性されていく行為に、再び帰還できたのだ。その行為に、そのときには、我を忘れて没頭し海を制した男が獲得する興奮を夢中になって感じながら……、ジューナと対等な立場を自覚できたのだ。

すると次には、彼はこう書いてきたのだ——貴女は海なのです……、と。

そのときにも、ポールの内に渦巻く、たくさんの小波は彼の将来のために力を集めながら、彼自身がその精力をのみこんで、活力そのものとなるタイミングのために備えているのが、ジューナには見てとることができた。

その後は、もはや彼は夢見心地な身振りをする、飄々とした思春期の青年ではないように見られた。そんなときこそ、今や彼の男としての支配欲を、近い将来の雄姿としてリハーサルをしている、そんな熱情に満ちた若者のように思われた。

灰色を呈した通りが交錯する都会を、ポールは、白いスカーフを首に巻いて歩いていた。ぐるぐる巻きのスカーフの上に存在する頭は、夢多き若者の頭だ。夢追い人は白い魔法をかけて、彼の心の内面が本当に必要とするものだけを、見たり聞いたりして収集しながら街を練り歩いた。少なくとも、この選択の自由に甘んじて手もとに取り得たものから、まずは自分の世界を立ち上げていくのだ。夢見る人が、たいてい、そうであるように、最初は急がずに時間をかけながら徐々に進めていくうちに、ついには到達するまでの過程なのだ。

ポールの心の琴線には触れない無数のものを、その白いスカーフは彼に突きつけて主張してくるのだ。立ち枯れになった木々や、ガラスが割れたままの窓々、不良品の数々、壁に描きなぐられた猥褻な落書きのあれやこれや、酔っ払いたちの淫らな、ひやかしの掛け言葉、都会が齎す毒気と腐蝕のいろいろを。

ポールはそういったものを、見ようとも聞こうともしなかった。

ポールの内なる夢の深みに彼の身を埋め込んで、人気のない、寂れた通りを抜けて行くと、彼は、一人の手回しオルガン鳴らしの男と一匹の操り猿に、突然はっとして目をやった。

ポールが家に持ち帰ってくるものというのは、いつもきまって、人が凡庸をのり越えた先に、捜し求めるものなのであった――それは、一冊の本、それは一枚の絵画、それは一曲の音楽、彼の世界観を変化させ展開し深めていくものであった。

白いスカーフは、嘘をつかなかった。

彼の船出に、ふさわしい旗であった。

白いスカーフに巻かれた首の上に、ほどよく、のった彼の頭は、この世の染みに対する免疫を備えていたのだ。彼は、下水溝や病院や刑務所を通り抜けてしまうことが、難無くできてしまうのだ、それでいて、そういう所の臭いを何一つ、彼の体に残さなかった。そして家に戻ってきても、彼の上着も息づかいも髪の毛も、そのときは何も遜色なく、彼の夢の匂いを発散しているのだった。

これは、人が知り得る唯一の未踏の森林、すなわち、これこそが何を何と仕分けするかという、選択における潔白をしめしていた。

ポールが、彼の白いスカーフをキラリと煌めかせながら帰ってくる、その布地の折り目のなかから歴然と見てとれるのが、彼が外で拒絶したもの、全ての存在の光なのだ。

年老いた人たちが、彼のことに関心を抱くことに、彼は、いささかいつも驚いていた。

年老いた人たちが、持てたかもしれないものの全ての所有者が、彼であることを、そしてまた、年老いた人たちが、最初にすえた夢を残酷なほどに、彼の若い態度が想い出させてくれることに、ポール自身が気づいていなかったのだ。

彼は今、青春という迷路の入口に立っているのであって、まだ、その中心にも達していなかった。だから年老いた人たちが、かつて迷い込んでしまった曲がり角を、ポールという若者は想起させるのだった。青春の当惑という迷宮の戸口に、たたずむ彼と一緒になって、あの旅立ちの気持ちを呼び起こし、そしてまた、あの初心を、あのまっさらなイメージを、あの最初に抱いた望みを、想い出していたのだ。

年老いた者たちも、あの青年の白いスカーフを首に巻き、もう一度最初からやりなおしたかったのだ。

とはいえ、ジューナは、今日という日に、その歳になっても、あらたなる純潔があることを感じていた、自分自身をありのままに身を任せるところにそなえられた、もっと包容力のある純潔だった。自己を全て相手に差し出していくなかに、ジューナは汚れていない高潔さを感じ、そしてポールもまた、相手から自分の身を引くことに混じりけのない純潔さを感じていた。

父親の厳格さより、もっと抑制されたかたちで表わされる母親の流す涙は、ポールを再び彼らの家庭に戻らせた。

ポールの十八歳の誕生日がやってきても、この日に、家族が揃って祝うことなどできはしなかった。暦の上での現実みのある誕生日だけが、彼の両親が目で見てわかる誕生日だった。それに対して、ジューナとなら、ポールは何回もの誕生日を一緒に過ごしてきた。彼の両親には、その偏狭な理解に限られるゆえ、気がつくことができないことがらの誕生の記念日だ。

彼が、性的に一人前の男子となった日、彼がちょっと悪《ワル》になってお茶目な性質がでてきた日、彼が初めてお酒に酔っぱらった日、パーティーで初めて花形を取って注目の的となった日、それからもちろん、彼による詩作、油絵の制作、作曲などに関したテーマとして、彼自身を自由自在に表現できた日、これ全部、ポールの誕生日であった。まだまだある。彼の想像力や空想的発想力の誕生日、人間について開眼した洞察力の誕生日、自分でも知られざる内なる能力の発覚とその自己主張の誕生日だ。

彼が親元を離れてから連続的に起こった、こういう、いろいろな誕生日は、今までジューナが参列してきたなかで最も高貴な祝祭となった。それは今まで閉じていた殻がぱっと開く貝のような、予期せぬ時に開花する花のような彼の個性の創発であり、成長していく男性、人間としての出現への祝いなのであった。

しかし、彼の毎年祝う誕生日には、家族で集まれなかった。

彼の母は彼のためにご馳走を料理して、彼は父のチェスの相手をした——母も父も、息子である彼自身を心底愛しているとは言い難かった。あれこれと禁止令が発せられて、息子を束縛し彼の自由を抑えこみ、結果、彼が成年男子となることを遅らせることになった。

彼の母はバースデーケーキを焼いたが、そのトッピングには、生活の進展や拡がりに対する警告と新しい友人たちに対する警戒を混ぜ合わせた糖衣がふりかけられ、冒険心を挫くため、ケーキの輪郭にそって堅苦しい庭園に張り巡らされた境栽のような縁取りが装飾された、そんなケーキだったのだ。

彼の父は黙ったままで彼とチェスをするのだった。注意深く周到に図られた駒の動かし方を示しながら、心の気ままな揺れや体のむら気な動きに対する批判と、とりわけそういった衝動的な態度への批判を指していた。家庭の食卓で食事をしている、かしこい男の子が、時間をかけてずっと形づくってきた、青年になるというしわざに対局する、そこでそうしているポールの存在そのものに向かって、無言で物言う父のチェスだったのだ。

親が息子に食べさせたバースデーケーキは、警告を促すケーキだった。つまり、人間という人間には注意してかかること、なかでも住所氏名録に掲載されていない人は男性も女性も、そのゆえんを疑ってみるように、さとすべきであると。

バースデーケーキのキャンドルは、息子本人の自由に託した、将来を祝うために燈される灯りではなかった。かわりに、そのキャンドルのともしびが言い放つ指図は、このバースデーケーキの上に並んだキャンドルが光っているところだけが、あなたの自由にできる範囲だということ、あなたが間違いなく安全でいられるのは、父親と母親の目が届く、この囲いの中だけだということ。

小さい丸い一つの囲い。しかも、この囲いからちょっとでもはみ出した外っ側は、悪。

そうして、母親が焼いたバースデーケーキを食したのだ、彼の恋も成長も自由も、抹殺してしまう魔術師が調合した、呪いの薬がいっぱい練りこまれたケーキを、だ。

大人に成るのを予防し、子供であり続けることを保存する霊薬漬けのケーキ。

夜を共にするのはこんりんざい、ご法度、夜明けを共に迎えるのは、愛する人同士の合意を経た結婚式を挙げてからのこと。

ともかく、ある日ポールは、小さめの旅行鞄に彼の洗濯物をぎっしり詰めこんで、母親の元へ帰ってきた。家で洗ってもらおうと、彼の洗濯物をまとめて持って帰ってきたのだ。それなのに、母上が申された言葉は——「そんなの持って返ってちょうだい。知らない人たちと同居して、あなたが汚した洗濯物なんて、わたしは洗いたくないわ」。

そんなわけだから、ポールは何も言い返さずに黙ったまま、その洗濯物をジューナのところへ持ち帰ってきた。彼が自主的に体験をしたことから汚した、たくさんの衣服なら、ポールの一部といってもいい、喜んで洗濯でも何でもしてくれる、彼の実の母より度量の大きい愛情をそなえたジューナのもとへ。

ポールのシャツの小ささが、ジューナの心を痛く締めつけた、彼女にも阻止できない、彼に襲いかかる、様々な危険の兆候を示していたからだ。ポールは、まだこんなにもか細く華奢《きゃしゃ》な体で、世間の過酷さと横暴ぶりにさらされるには、あまりにもまだ若すぎたからだ。

二人して、セザール・フランクの『交響曲ニ短調』を聴いていた。

そして、そうしているうちに、ジューナの内面で葛藤するいくつかの自己は一つの意向へと融合していった。ばらばらになった自己は、往々にして、そういう音楽的な脇道へ逸れることで、再び纏まりを取り戻していくのかもしれない。

フランクの交響曲のテーマはやさしさであった。

ジューナが初めて、この曲を聴いたのは、ある雨の日の午後、ジューナが十六歳の時のことだった。そして今この曲は、マイケルとの関係からわかっていた、情熱的なクライマックス無しの恋、彼女の初恋の経験を想起させた。若きジューナは、愛の本質を、一つの究極で無限のやさしさであると捉えた、彼女の最初の概念を、この交響曲と織り交ぜて感じていたのだった。

セザール・フランクの交響曲は、即座の高揚が表現される。気持ちが一気に融解され、感情の激烈から逃避するのだ。感情が天にも昇るような、この音楽的上昇が何度も何度も繰り返される。激情の階段を聴く人に登らせるのだ。が、人が感情の燃焼を果たす前に、はしごは外されて、見捨てられてしまうのだ。

副旋律のメロディーは、無限に継続する静寂さをも与えながら、脅迫的な繰り返しが続く。ジューナが十六歳だったころは、男性を愛する体験とは、こういうふうに徐々に流れていくような、麻痺した感覚のただなかに、身も心も包まれている状態であって、この交響曲が表現している、ゆるやかな螺旋《スパイラル》に乗った上昇のなかにあり、この曲の音律の、リズミカルな抑揚と波動のうねりのなかにある状態なのだと、信じきっていた。

セザール・フランクは、心底のやさしさと信頼というメッセージを携え再来してくれたのだ。ポールという青年の肉体的な立ち居振る舞いから、その精神的な感じ方につき従いながら、そのための伴奏を奏でながら。破壊をもたらしてしまう嵐は引き起こさない情熱をかねそなえたポールという青年に、ジューナが確信を抱いたわけがそこにあるのだ。

怒りの感情の激発などはない、ある種変わりやすく、ぐるぐる回るスパイラル、あの星雲のように、霞んで漠然とした状況――つまり、精神を麻痺させる薬こそ、ジューナがかって若き頃欲しかった恋の妙薬だったのだ。

滑らかなに流れるような、いやむしろ、流暢さを欠いた、（というのも、静寂さが何か得体の知れないミステリーをかもち出していて、ジューナの家の窓の無い、四方、壁で囲まれた部屋に酷似しているものだから、まるで牢屋の中に閉じ込められたまま、時が一刻も動かない、溝のように落ち窪んだ、閉塞空間を表す旋律も奏でられるからなのだけど）この交響曲のメロディーに集中して聴いていると、ジューナはパリのコンコルド広場のオベリスクを、瞼の奥に見ていたのだ。いくつもの庭園や、いろいろな噴水や、たくさんの車が流れ行き交う、優美にして賑やかな広場の中央にそびえ建つ、矢のように尖った石造りの塔だ。この石の投げ矢の先端は、夜のしじまを、たちこめる霧を、降りそそぐ雨を、照りつける太陽の光を、ぴしっと的に当てて貫き通す、いつだってその雲間を、一直線に失点なく狙い定めながら。

そこにいたのだ、あの小柄で気がくるった女、マチルダが。この女のことを知らない者はいなかった。毎朝やって来て、川辺りに並んだベンチの一つに腰掛けて一日中そこで過ごした。行きかう人たちを眺めながら、質素な何やら得体の知れない物を少し食べながら、そのあたりにたむろしている鳩と同じように、パンくずを紙袋から出しては食べていた。警察官や観光客、それにコンコルド広場周辺の住人たちとは顔見知りの仲だった。この女の姿を、そこに見かけないことは、オベリスクが無くなって空を照らすサーチライト抜きの広場になったことに気づくのと、同じくらい容易に目につくし何とも不穏なことであったろう。

あたかも、この女は、際限無き永久《とわ》の時間とランデブーをし続けているかのように、冬が来て夏になっても、そこに座っていることや、雨が降ろうと日が照ろうが、お天気のことなど一切無関心であることや、どうしてそこにそうしているんだと、そのわけを知りたがってたかる者たちに応える、どこまでも不明瞭な返事のことや、全く疲れを知らない隙《すき》の無さなど、こういった執拗さを持ちあわせた女が、みんなが周知のマチルダという女だった。

日が沈むころになって、やっと女は腰を上げたが、ときどき馴染みの警官に、さあ、そろそろ時間だよと、やさしくではあるが駆りたてられて女は帰って行った。

女の身に着けている服がひどく汚れているとか、破れているとかもなかったし、健康が害されていそうでもなかったものだから、誰しも彼女は所帯持ちに違いないと推測していたので、誰も彼女のことを心配したりはしなかった。

ジューナは一度、女の横に座ったことがあった。最初マチルダは口をきこうとはしなかったが、しばらくすると、足もとの鳩と落ち葉に向かって交互に小声で呟き、ひそひそと囁きながら自分の身の上話を話しかけていた。

そのとき突然、女はジューナに向かって、たいそう率直かつはっきりと言ってきたのだ——

「私の恋人は、私をここに座らせたまま、戻って来るからと言って行ってしまったのよ」。

(そういえば、あの警官が話していたものだ——ぼくは、あの女《ひと》があそこに座っているのを、この二十年ほど見てきたけどねぇ、と。)

「どれくらい、ここに座って待っているの?」と、ジューナは聞いてみた。

「わからないわ」

鳩にやっている餌と同じパンを、女は自分の口にも入れた。彼女の額の皺は歳をとったことからできたものではなかった。その皺が物語っていたものは、若い恋人が戻って来るのを気を緩めることなく待ちわびている用心深さと、待つことへの見込みの有無が顔に出ている表情なのだった。

「彼は戻って来ますわ」と、女は言った。待ち構え見張りにつく者の青白い顔色を取り繕いながら、大胆な挑戦の目つきを初めて表に浮かべて、そう言ってのけた。その血色の悪い顔は、血流がリズムにのって動き出す親密な人間関係を、持たずに生活している世捨て人の蒼ざめた顔だ。これが行き交う群衆を一人一人注視するも、あの男《ひと》と同じ顔を決して識別できないでいる人の生気を欠いた虚ろな目をした表情だ。

「ええ、その方は戻って来ますとも」と、ジューナは、すぐに言葉を返した。その女の顔に浮かんだ不安気な影を写し出した表情を見ているのも、耐え難かったものだから。

しばらくして、マチルダの顔に、また落ち着きと辛抱強さの表情が戻った。

「彼は私に、ここに座わって待ってててって、言ったのよ」

致命的な痛手は、この場所が彼女の人生の時の流れを止めてしまったことだった。が、それでも彼女の感情をこなごなに破壊はしなかった。ただ彼女の受けたショックは、彼女の時間の概念を麻痺させてしまった。彼女を振った、その恋人を、いつまでだって、そこに座って待っていたかったのだ。そして、時間の死滅した細胞にかけられた麻酔が効いて、幾年もの年月は、喪失されていた――つまり、五分間が無限の時間に引き延ばされ彼女の生命《いのち》を保たせた、しかし、亡霊のように生きることだった。時間という観念は、死んだ細胞をいつまでも引っさげていて、脳の中で現実の時を刻むべき小さな時計は、絶えず損傷を負ったままであった。針の無い時計は、ずんべらぼうで、心身の苦闘の時を刻んでいる。なので、時は苦しみとがっちり手を結んでいた、その同じ細胞の中に寝泊まりしていた（隣人同士、双子同士といってもよい）、時間と苦しみは多かれ少なかれ親密な仲なのである。

　そして残されたのは女一人の、この貝殻一枚、寒かろうが暑かろうが反応しない不動と無感動と超時的な状態に、たった一度の大きな喪失によって麻痺してしまった女だった。

　マチルダの傍らで同じベンチに座っていると、ジューナは、ジューナ自らの心の奥にある、小さい舞台を持った精神の内部空間で、侵害され壊された脳細胞が、反響して木魂《こだま》するのが聞こえてきた。その木魂《こだま》の反復は、実にうまく鮮やかに、はっきりと奏でられ聞こえてきた。その時ジューナは、こう想いつらねていた。家を出て行ったことが、それ以後ずっと自分に損傷を負わせたのではなかったかと、そしてそれでも、自分のある部分は萎縮されずに持ち応えてきたのではなかったかと、そしてとにかく、それ以後は、ずっと生きて行くなかで、自分は自分の全てを率直に表に出すことや、完全に人として成長していくことを妨げられてきたのではないかと。

　娘として父に捨てられたという父の行為は、ジューナの人間性を形成する一細胞の領域を間違いなく破壊したのだった。世間という容赦のない世界に出たとき対面する、裏切られるという行為が、ジューナを、この世の父親たち、この世の権威、権力を持った人たち全てに反感を抱かせてきたのだ。しかし一方で、その父というのは、実に父によく似て、暴力的な行為を、またしてもそっくりに演じてみせて、うまく変装した男たちだけれど、父は帰って来るという、そんな危ない期待を持ち続けてもきたのだ。

男性というのは、あの「父親像」に付きものの、ある種決まった特徴を十分兼ね備えていた――男性は誰でもみな支配力を持ち合わせている――こう考えるのがジューナだったものだから、あたかも、あの喪失の経験が不可避的に、全く同じようにくりひろげられるのではないかという不安に駆られながら、彼女の生活はいつも、その事に敏感に営まれた――占有されること、愛されること、それから、捨て去られること、マチルダにとってかわってジューナがベンチに座るのだった、大詰めのヤマ場、解決の時、を待ちながら。

振り返ってみるに、その記憶の流れのなかで、一つの重大な中断が生じたことがあった。一つの機能の変化だ。

横柄づくな、権威主義的な男の足音が聞こえてくる度に、あの父のこと、あの迫り来る危機のことを、再び想起させられたことだ。なぜなら、あの父が最後に残していった言葉は――

「戻って来るからね」、だったのだ。

マチルダの場合は、もっと重症を負っていた——彼女の生命の流れ、そのものが差し止められたからだ。彼女は一等最初に受けた概念というべき思いは、保持し続けてきた、それは、自分は待っていなくてはいけないのだという意識を保留することだった。彼女の恋人が最後に残していった言葉は、その後の彼女の人生の永久的時間の果てまでも、一つの命令として君臨してきたのだった——「ぼくが帰って来るまで君は待て」と。

このせりふは、敏腕な催眠術師によって口にされたのだった。そして、この催眠術師たるや、マチルダの生きるという生活そのものと彼女が関わっていることを、あらゆる方面から遮断したのだ。それだから、マチルダには、この慰みになったことだと言ってよいことでさえ許されてこなかったのだ、つまり、別の男の人に乗り換えること、その待っていろ、という彼の指令をはぐらかすこと、誰でもよい周りの人たちとの生活を取り戻すこと、とにかく最初の恋人のことなど忘れてしまうことが、彼女には全くもって余地無きことがらだった。

マチルダは、ある意味ありがたいほどに、しっかりと捕らえられて、時間の流れのなかで停止したまま動けない状態にあり続け、苦悩に対しても無意識でいられる自覚の無さを、ただただしめしてきたのだった。

しかし、ジューナは違った。

ジューナの場合、心の傷は壊死することなく生き続けたのだ。人生のなかで、この傷が疼くような事柄に直面するたびに、彼女は、この心の痛みをずっと受けてきたことによる苦しみなのだと、思い違いをしてきた。だから、彼女の苦悩が父である男性から息子である男性へと、彼女の関心を逸らすように、彼女に注意させ先導してきたのだ。

ジューナは、人間としての細胞を一つ残らず全て明確に把握することができた。生活の様々な体験の全てを遙かに超えたその先に、認識を花咲かせ豊かに稔らせ発展させていく、生が息づいた彼女の家の部屋という部屋を、生活感をもって把握しているのと同じ感覚だった。しかし、彼女の家には、一部屋、四方壁に囲まれて窓の無い部屋があったのだけれど、思いがけない大きな災難への不安から、彼女自身のなかにずっと閉じ込め、なかへなかへと追い込んできたような、凶暴性を同居させてきた。そんな一部屋においてもまた、彼女の人間としての細胞が存続するのにちょうど収まるのを認めざるをえなかった。

その四方壁囲みの一部屋のなかでは、彼女の人間としての小さな細胞が、つまり、子供であったころの彼女が、今も存在していたということだ。その子供というのは、父のいる前でのみ微妙な怒りの気持ちをともなうことで活性化され、大人ジューナから子供ジューナになってしまうのだ。なぜならば、父と関わることで、彼女は自分の持ち前の力と自信を手放し失ってしまうからなのだ。そうなると、彼女はふたたび小さくなるように言い渡され、昔の自分で自分をどうすることも出来ない不甲斐無さと、従属してしまう依存心のかたまりの子供へと逆戻りさせられてしまうのだった。

しかし、この従属してしまう依存心からくる悲劇的結末をよく知っているものだから、権力をふるう男性に対して嫌悪感を感じたし、この嫌悪感から、こういう男性に対して、憤然と怒りをぶちまけるのが彼女のとった手段だった。暴力は、あもすも言わせぬ間に、シャットアウトすることだ。

それゆえ、父と対立する息子と、彼女自身は同盟を組んだのだ。父はずっとそこに居続けた、禁止令を発するために。だからなおさら、そのやりたいこと、欲しいものへの欲求が強まった。父はずうっとそこに居続けたのだ。大きくて、でんとして、厳しい表情をして、弱弱しくて不安定な、この縁さえも威嚇するために。その関係はやるせないほど、どうしようにも絶望的なものとしてあらわになったたし、顔を合わせることは、破壊と喪失からの一時逃れを、かたちづくるはめになった。

　セザール・フランクの『交響曲ニ短調』の律動とジューナの動静とは、常にいつでも、ポールの動静と一致していた。それは、バレエの振り、外側へ向いた出入り口、危険が迫った時には姿を眩ませるように考案された旋回運動、あの鳥類が知覚している翼を羽ばたかせた、敏速な片足爪先旋回—ピルエット。これ全て凶暴性と厳格さとの衝突を回避するための動静。ポールとジューナは同時に連れだって、彼らに立ちはだかる障害を回避するために、鳥のごとく空中へと、飛翔をやってのけた。

第二部　カフェ

カフェは、宝物がわんさか湧き出る泉、そう、アリババの洞窟だった。

カフェは、東洋《オリエンタル》のいろいろな都市より一層濃厚、潤沢にして面白い所だった。東洋《オリエンタル》の都、そこで暮らす人たちの生活は、訪れた人たちの目の前で明け透けに営まれるものだから、そのありとあらゆる活動の様子が手で触れられるは、臭いも嗅げるはの間近な所でくり広げられるのだった。生々しい動物の皮を剥ぎ鞣《なめし》にしては、磨きこんだ革から一足の靴ができあがるのを目にした。糸を紡いで織り込まれた布地が、たくさんの手桶の中に浸け込まれては万巻色に染めあがるのを目にした。読み書きできぬ文盲たちになり代わって、文字を書いてやる筆写人たち、じっと黙想にふける哲学者たち、しゃがみながらご詠歌を唱っている僧侶たち、それから、あなたの手にほん届くところに、患部を付けるように見せびらかしてくるハンセン病患者たちを見たのだ。

　こういうぐあいに、カフェでも繰り広げられるのだ、一フランでワイン一杯とか、もっと安い小銭で一杯のコーヒーだって飲めるんだ、しかも、そこで、あの南米アルゼンチンにある広大な平原に行って来た人からの土産話や、アフリカに行ってヴードゥー教〔魔術、呪術が行われる民間信仰〕の儀式を見てきた人から、秘儀のおまじないがどんなだか聞けたし、書き綴られた小説を手書き原稿からじきじき読めたり、詩人が自作の詩を朗読するのに聴き入ったり、死にいたる疫病にかかった貴族を動揺させた話や、ある革命家の伝記を、どれもこれも手に取るように知ることができた。交響曲の主旋律を鼻歌まじりで歌っているのも聞こえてくるし、ジャズのドラマーの、テーブルをドラムにみたてて、生演奏さながらの見事な指さばきに見とれてしまうし、大蛇が毎日の餌の時間に、白い二十日鼠を何匹も食べるのを観察しに動物園へ行こうよって、絵描きから誘われたり、超自然のオカルト的な街を探検中という、秘密主義のヒンズー教徒に相談ごとを持ちかけたり、ヨットで世界一周の冒険旅行にいっしょに来ないかって、誘ってくるような探検家に出会ったりできる所なのだ。

秋の肌寒さは、小ぶりな石炭ストーブとガラス張りの仕切りでなんとか和らげられた。

小ぬか雨は物言わぬ覆いで都会を包み込んで、大都会をまるで一部屋のように、親近感ただよう居心地いい場所につくりかえていった。あたかもカーテンを引いて空も太陽も締め出して、まだ早いうちから部屋に灯りを燈して、暖炉の火を焚きつければ、人間たちにもっと内面を大事にする生き方をと、やんわりと促しては、人間味のある言葉を芽吹かせよと励ました。人間の肉体からも彩鮮やかな火花を散らせて、人が自ずと煌めく光や燃え上がる炎に、咲きほこる花々になって情熱的な祭りを起こすために。

カフェは温室であった、その温室は、ご法度のいろんな匂い油とかが混じった香料でむせかえり、お咎めを受ける麝香《ムスク》の香りと囲い込みや温かさや、あらゆる人種で作った接ぎ木と移植が交じり合って、最高に濃厚な花々が、すくすくにょきにょきと育ち開花を速める所だった。

月は沈まない、夜も明けない、ただ展示された全ての絵画作品が、才能の豊かさに肩を並べて競い合うのみだ。言葉は大河となり流れ彫刻の森は茂り、個性は壮大なピラミッドに積み上がる。庭園など造る必要はない。

都会の街と、そこに息づく、まちまちのカフェが親密に関わるようになると、一つの部屋のように一体化した。絨毯は敷かれ人の心象風景と、うまく混ざり合うことでキルトが縫いあがった。人が抱えるいろいろな秘め事は、テーブルからテーブルへと、肘で押しやるように打ち震えることを望む。そして給仕《ギャルソン》は、コップから溢れそうなくらい注がれた飲みものを運ぶだけでなく、アラビアの昔話に出てくる召使たちのように、果てしなく続く終わらない伝言すべきメッセージと、暗号めいた合図をも運んでいた。

昼と夜が、黄昏時にエロティックな閃光を放ちながら、やさしくぶつかり合っていた。

昼と夜は、大通りで鉢合わせになった。

サビーナは、彼女の生活が全部形づくる型を打ち破った。

サビーナは、境界線をいつも侵入していって、自分が誰かという正体を消去していた。

サビーナは、住むところを決めて住み続けたり、人に自分の電話番号を渡したりするのは我慢ならなかった。

サビーナの最大の喜びは誰も知らない場所にいることだ、人知れない外れにあるカフェとか、まず知られていない隠れ家のホテルにいるとかだ、できることなら住所の番号もこすり取られて、わからなくなった所に住みたいぐらいだった。

サビーナは犯罪者が痕跡を拭い消すように、彼女の名前を変えた。

サビーナ自身は、見破られまいとなにを保護しているのやら、なんの秘密を守っているのかわからなくなっていた。

サビーナは、やっていることについて事実にもとづいた、あれこれを聞かれるのが嫌だった。とりわけ、公の登録手続きなどをひどく嫌った。出生年月日とか家系だとかパスポート交付に求められる事実関係は、わからなくてぼうっとしてしまうし、ややこし過ぎたのだ。

サビーナは、一から十まで、ある種の日和見主義で生きていたし、彼女はやることなすこと、その場その場の必然性に応じるままに動いていた。彼女がリストにあげられた自分のイメージを抜け目なくかわしてみせたのは、彼女について誰もが抱く幻想を、彼女の思い通りに処理するのに、より完璧に都合よくしていた。

サビーナは自分が何者かなんて全然関心がなかったし、誰か知らない人が自分のことを好きなようにつくってくれる方が、ましだと思うくらいだった。

男性が現れるやいなや、ゲームは開始された。

彼女は黙っていなくてはならない。彼に彼女の顔をとくと見させて、彼の夢をかたちつくらせてやらねばならない。彼女は、彼がその夢を現実化していくのにかける時間をじっと待ち、一言も口を挟みはしなかった。

彼がお望みの彼女のイメージをもたせてやった。彼の視線の奥に、その女性像がかたちつくられていくのを彼女は認めた。サビーナ自身が言いたいという言葉を喋ったりしたら、とたんに彼は、彼女のことを普通の女と変わらないじゃないか、とがっかりされはしないかと思うのだった。

普通の女性ではないサビーナの女性像というのは、彼の眼差しのなかで、今はぶるぶる震えているイメージ像にすぎなかったから、いつまで続けられるかわからないし、あっという間に消えてしまうかもしれないような、イメージにすぎなかった。男性の好みの女性という夢をかなえるために、一生懸命になることほど難しいことはない。男性が女性にこうあってほしいと願う夢を満たすことほど、非現実的でとらえどころのないものはない。

このイメージにそぐわない言葉をつかうかもしれない、似つかない振る舞いをするかも、違う笑みをかわしてしまうかもしれないし、そう思っているうちに、彼の眼が、さらけ出された幻滅を映しだす鏡となる前の、一瞬の間、傷ついて虚ろにきょろきょろと迷いがちに動いた。

彼女は男の人がもつ実現不可能な願望を、やるせないほど、何としてでもかなえたかった。その男《ひと》が、君はどうもあまのじゃくだねと言ったなら、そう言われた通りの女になるため、つむじ曲がりになる術《すべ》のありとあらゆる知識を集結しようとした。

そうすることは生きづらかった。彼女は国際的なスパイのように、緊張と緊迫に無理をする生活を送った。ふりをしている彼女を、そそのかしてあばき出してやろうという、敵対する人たちのなかでも、彼女は立ち振るまった。人によっては、ときおり彼女の見せかけに気づいて、彼女の覆面を取ってやろうと追及した。

サビーナは、そうやって正体を突きとめられるのが恐かったのだ！

サビーナは、普通の昼の明るさ、毎日の単純な繰り返しに我慢できなかったのだ！　他の女性たちが昼間の日光を目にして、瞬きをして手をかざすときに、サビーナは普段と変わらない平凡さに目をぱちくりして、ひるんでしまうのだった。

そういうわけだから、この競い合いは終わるわけにはいかなかった。流し目で迫る彼から逃げ出すと、両手で抱きしめてくる、もう一人の男《ひと》のもとへ、そしてすぐに悲しみに打ちひしがれた三人目の男《ひと》のところへ疾走を続けるサビーナ。

　彼女は周りの人たちと意見がぶつかったり、なにかと衝突してしまうと、彼らのほうでは自分が何者なのかわからなくなってしまうことがあった——つまり、彼らは彼女の欲望の対象にされ、焚火の焚き付けにされて消耗していった。可燃性であろうが非可燃性であろうが、彼らの性質は、てみじかに決めつけられていった。彼女とともに燃えあがるか、それだけが問題だった。年齢だとか、誰だとか、上流階級にいるとかいないとか、資産があるとかないとか社会的地位がどうとか、食べるための職業とか天職は何だとか、そんなことはどれも、彼女にはどうでも構わないことだった。

　サビーナの欲望は、こうしたいと思ったと同時に突っ走っていた、過去も未来もおかまいなしに。現在のこの時、燃え上がる炎の先端には、何の契約も何の継続性もくっついたりしていなかった。

　サビーナの大きな胸はいつも、ぱんぱんに張ってずっしりと重たかった。人から人へと伝えたいことがらも、みんな受け持って、次から次へと配って回る使者のように、彼女に託された言葉や、彼女に授けられた書物や、訪れたかの地とか、獲得した体験談とか、途切れなく紡がれる物語をいくつもいくつも、その彼女の乳房の中に携えていた。

一時間前に起こったことは、なんでも一つの話になって、また一時間かけて、次の人に語り継がれた。部屋から部屋へと永存していったのは、花粉をつけた彼女の体だった。

ときに人が彼女にこう問うたなら――今からどこへ行くの？　今から誰に会いに行くの？　彼女はいつも嘘をついた。次々と、さっと彼女を押し流してしまう、この時の流れが変わる、その度に傷つけてしまうように感じて、サビーナは嘘をついた。

通りを渡ろうとする彼女のために、車を停めさせた警官がみせた、ご婦人に親切な騎士のようなやさしい微笑みを、彼が恋心を抱くぐらいまで、助長させてみせるのがサビーナだった。回転ドアを彼女のために押してくれる男性の、彼女を抱きたいという欲望を見抜いて、選びとってやった。「あなたは女優さんですか？」と尋ねてくる雑貨屋の従業員の、憧れに満ちた目のきらめきを受けとめてやった。「あなたはダンサーですか？」と問いかけながら、サイズが合うかどうか足に靴を合わせてみる、靴屋のセールスマンが、差し出すブーケの花束を摘みとってやった。バスに乗り込んで座った彼女に、窓から差し込む日の光が、彼女の体をなぞるようにあててくる、そのねんごろな太陽の光線を受けとめたのだ。彼女が衝動的に道路を横切るものだから、大慌てで急ブレーキを踏み込まされたトラック運転手にも、にっこり笑顔を返させてしまうとき、冗談めいた共謀を組んでやったのだと彼女は感じた。

どの瞬間も、こういった流れ方で、自然と事の次第が進んでいった、この流動のさまは、あくまで誘惑からなる、やり取りだということだ。

サビーナはいつだって、両手に溢れんばかりの冒険を抱えて帰ってきた、他の女性たちは買い物袋を引っ提げて戻ってくるのが普通だろうが。冒険心、この大胆さが彼女の滋養となり、全身を豊かに満たしていたし、周りの人たちにも滋養物を与えて育んだのだ。彼女にとって一日は、たいてい早く終わりすぎた、何をしたらよいのやらと、手持ち無沙汰に、ぼーっとなることなんてありえなかった。

夜明けに窓辺に寄りかかりながら、窓枠に彼女の大きな胸を押しつけて、彼女がつかみ損ねたもの、獲得し損ねたことが、これからでも見つけられたらという望みを捨てずに、窓の外を探すように目を凝らして見ていた。夜が幕を下ろしていくのを見ていた彼女が、また同時に見定めていたのは、こういうことだ。つまり、普通の人たちが、毎日の終わりには休息や称すべき褒美、睡眠、安息場所などを受け入れて、穏やかな締めくくりとして辿り着くところには、サビーナは決して終着を認めない。むしろ、探検を続ける航海者がもつような、鋭敏な警戒心をともないながら、一夜を通り過ごす旅の人であった。

サビーナは、熱烈、熱血のみを信じた。炎が激発するあらゆる瞬間も、危険が集中するあらゆる瞬間にも、彼女はそのただなかにいたかった。彼女はまるで、消防士であるかのように生きていた。大火災の緊急事態に常時張りつめていた。平穏無事な家庭や、静かでのどかな街並みにあっては、彼女は脅威の存在だった。

サビーナは、決して足がつかない放火魔だった。

夜が明けると、灰の中で燻ぶる自分を見い出すのだ。

そういうわけだから、休息も睡眠もとらないでいた。

平穏無事に朝日が昇り、今日一日が始まるという時に、そそくさと、サビーナは黒い繻子《サテン》のドレスに袖を通し、その日の気分次第の色を選んでマニキュアを塗り、彼女の黒いマントをひらりと身に纏えば、颯爽と街のカフェへ出かけて行った。

明け方のころ、ジェイは傍らで横たわるリリアンに身をよせ彼女の髪の毛を掻き分けると、彼は、この日はじめてのキスを届けた。

リリアンの瞼はまだ閉じて、神経もまだ眠りから覚めていなかったが、彼の手が彼女の肉体に触れて動いていくと、彼女の体は砂丘を滑るようにして、温かい波が砕け合う波打ちぎわにおりていき、彼女の肌もまた彼の手の感触に目覚めて波動をとらえていた。

ジェイの官能的な突き上げは、リリアンの休眠中の肉体の奥のひだを覚醒した。そして、血管を通る火の流れを途絶えさせながら、彼女の最も感じやすい中心を貫通していく彼のむち打つような突きに対して、彼女の肉体は炎を出して燃えさかった。リリアンは濡れた、恍惚の体液は狂おしく泡巻いては、彼女の鼓動をたかぶらせたり緩めたり乱していった。

子宮の肉の壁に向かって彼の激しい突き、子宮内部で起こる落雷のような刺激は射精するまでの、リズミカルな彼自身の強い連打に、彼女のエクスタシーの芯は、弾け飛んだ。

リリアンの喘《あえ》ぐ息づかいはゆっくりになり、この声が発せられないなかで彼女の体は、まだ反響を残していた、草木の茎のように、水分を吸い上げた彼女の感度は、余韻をこだましていたのだ……。

ジェイはというと、もう何惑わされることなくしっかり目覚めていたが、リリアンはそうではなかった。

彼の欲望はきっちりと満たされ完了したのだ、それは巧みなサーベルの一撃にも似て、流血ではなく快感をもたらした。

リリアンは、受精させられたという感覚でとりのこされていた。

彼女はなかなか次の行動に転じることができなかった。切り離して考えられなかった、違うことに目を向けることができなかった。こういうことが全て、ますます難儀になった。

彼女の体は、排出物、残留物、沈殿物がいっぱい溜まったままの状態でいた。

彼はしっかり目を覚まし、もう別の生活領域の行動を開始していた。自分を抱き込んだ内側での旋回が長く続けば続くほど、下界での再活動のエネルギーが、より強いものとなった。彼は生き生きと目覚めて、もう絵画の話をしていた、彼は目覚めて笑い声さえたてていた、余裕の笑いに彼の目は細くなった、頬の端々には笑いが弾けた、彼の口の端からも笑いが漏れた、別な生活活動との顕著な分離を物語る、悠々とした笑い声。

リリアンは目覚めても、何か拘束された感じで晴れ晴れとしなかった、彼女がたくさん授かった、ジェイのヒトとしての種に悩まされているかのようだった。地面に裂け目をつけて植物を根こそぎ引き抜くように、彼も彼自身の全ての自我を引き取ってしまうのは、どの瞬間なのだろうかと思いめぐらせながら、彼女の苦悩が続いた。リリアンがこの断続をひどく怖れていたのは、彼がこういう行為をいとも容易くやってのける達人であることを、いつも感じとっていたからなのだ。彼は入るのも自由なら、出るのも無頓着だったのにたいして、リリアンは彼女の個性も自由も奪われたように感じていた。なぜならば、ジェイといったら、翌朝起き上がっても、リリアンを彼の特定の女性として振り向きもしなければ、ちょっとした瞬間にも、気にもかけてくれなかったからだ。彼の特別な女《ひと》、リリアンということに思いをよせず、無名の誰かれのように、彼は彼女を抱き、見ていたのだ。彼の傍らで横たわる女は、みんな同じように愉しんでいただろうし、ごく自然にそうだったろうし、たくさんの女たちの中でリリアンが例外なんてことはあろうはずがなかっただろうと、言わんばかりに。

共に寝た夜が明けて、ジェイは彼の絵の構想のことを思いついて、ほくそ笑んでいたし、朝食の食欲も盛ん、彼宛ての郵便物をそそと開封し、あちこちの関係筋へのコンタクトに乗り気な対応、今日の天気予報や近所の通りのちょっとした変化にも、二人住みかの窓のすぐ下から昨夜聞こえてきた口論にも、耳にした噂話にも興味深々なのだ。

敏速な動き、速い、速い、もう向こうへ行ってしまった、すでに彼の頭は老子による賢明な格言、ピカソによる芸術理論でいっぱいだった、縁日で立つ、あの大観覧車が大回転を始動するように、でも彼女は乗り合わせていない、置いてきぼりだった。なぜならば、彼にとって彼女とは、どこにでもあるパンのようで、彼がとにかく食するという、どれでもいいパンというわけなのだ、いつものパンと違うパンは、もうそれだけで面倒なこった——つまり、今日のパンは焼き立てでまだ温かいとか、今日のパンはちょっとパサパサしてるとか、今日のパンは塩っけがもう少し欲しいねとか、今日のはもう腐っているとか、今日のはトーストしてあってパリパリしてるよ、なんてまっぴらというわけだ。

ジェイが思っているほどリリアンは、彼を獲得したいと自分から手を伸ばして、躍起になるほどでもなかったのだけれど、彼女が彼にアプローチをかけていたのも確かなことだ。というのも、ジェイ自身から放出される種を産みつけられ、彼女自身の奥に植えつけられ、彼に所有された感を拭えなかったからだ。それは、彼から自立して、彼女自身で行動し呼吸をし生きることが、もはやできない状態になってしまったようだ。いかに自分が依存してしまっているか、自分を見失ってしまっているか、与えられるまま侵されるままであるかを感じていた。ここで、彼の情けと気遣いが無いというわけでもないけれど、防御の術《すべ》無き状態にあって、リリアンはむしろ、溺れる者がすがる藁一本のごとく、彼にしがみついてしまうのであった。

　リリアンがたとえ単なるパンだとしても、どんな具合の、どんな味のパンかぐらいはジェイに気に留めてもらいたいと、思うこともできたはずだった。君はぼくのパンなんだ、一押しの素晴らしいパンなんだよ、他のどんなパンもかないっこないんだ。君というパンがぼくの手元になかったなら、一瞬にしてぼくは餓死してしまうだろうな——ジェイにこう言って欲しいと、せがんでみることだってできたはずだった。

　それが全くお門違いなのだった。ジェイの絵がうまくいくような日は、春のいい日だったからだ。彼がいつになく上機嫌だったとしたら、それはペルノー〔フランス原産の香りのよいリキュール〕が旨かったからだ。彼が聡明な策を打ち出せたのは、それは老子の言説が載っている、あの小さな本のおかげだった。彼が意気揚々と自信たっぷりなときは、彼を尊敬すべき画家と讃えた一通の手紙が届いたせいだった。

　ところで、私は、私、私はどこなの、リリアンという人間のなかの不安で落ち着かない、か細い声が辛うじてそう尋ねてみていた。

リリアンは、ジェイの絵一枚にさえ、描かれたことはなかったのだ。

ジェイはサビーナを描いた。彼はサビーナという女《ひと》を、人間の肉体の一部を思わせるような、ごつごつ、むちむちした根をともない、催眠を誘導する有害な葉肉と釣鐘の形をした紫色の花冠を持ち合わせた、マンドレーク〔ナス科の植物。中世ヨーロッパで、魔法や錬金術に関連した恋の妙薬などの伝説となる〕に似せて描いた。洞窟の中や地核の割れ目から、燃え上がるような木立の影からも、じっとぎろりと見据えているような、火のように赤い金色の両眼を生まれながらに持っている、そんな女《ひと》として絵に描いた。豊満で華やかな女性の一人として、熱帯的な繁茂した成熟さをあらわにし、日常生活の物質に留まるにはあまりにも豊饒さゆえ、あのパンの系列からは破門された女性、炎のような情熱の世界の住人、その彼女の周期的で比喩的な外見的様相に、彼は満足していたのだ。

こういう状況のもとで、ジェイがリリアンを絵に描き入れないというなら、自分はいったいどこに在るのかと、リリアンはわからなくなった。彼は絵の仕事が一段落すると酒を飲んだ。彼は酔っぱらうと、自分の絵の才能に勝ち誇って喜々として、彼のなかにいる聖なる霊を騙して、その能力全てをつかませてやるというのだ。絵を描くごとに、彼の筆を操る異なる精霊——女神《ミューズ》が奨励されるのだ。リリアンの名は一度も呼ばれたことはなかった。本日は、この精霊——女神《ミューズ》よ、本日はこの春の光輝よ、本日はペルノーの鋭気よ、といった具合に。

リリアンが彼に言ってもらいたいと切望していること——「君はぼくの心のなかの精霊なんだよ。君こそがぼくの心を春爛漫にしてくれるんだよ」はついぞ聞けないでいた。

もっともリリアン自身、自分が彼の精霊になるかどうか分からないでいた。彼は実はジューナの視点から絵を描いているのではないかと、ときおり、リリアンにはそう思えてならなかった。ジューナがいるときの方が、彼の絵はよく描かれていた。もっとも彼は、ジューナを描きはしなかったが。大勢の人たちと議論を交わしたり、こわもてな連中と取り組んだりするとき、ジェイは随分と自分自身が有能でやり手だと思えたりしたものだから、ジューナという女性のイメージは、そんな彼には物足りなく弱々しすぎた。

ところがどうして、そんなジューナがそばにいる時に、彼の絵はうまくいったのだった。

黙っていながら、ジューナは彼と共に絵を描いているように見受けられた、何も言わずして、ジューナは彼に創造力を伝達しているようだった。

そういうジューナの力は、どこから発生していたのだろうか？　知る者は誰もいなかった。

ジューナはただそこに腰かけていただけだったのに、色彩がおのずと色を決めて、しっかりと色付けしていたのだ。ジューナがちょっと怒ったときには、彼女の瞳から紫色を引き出したかのように、ジェイは色を獲得していった。ジューナが平静を保っているときは紺碧の青色を、彼女が超然として無関心でいるときは灰色を、彼女がメロメロに溶けてしまうほど熱中しているときは黄金色を、といった彩《いろ》でもってジェイは描いた。ジューナの瞳こそが色見本帳、カラーチャートとなっていた。

こんなふうだから、ジェイはリリアンの瞳からは通り抜けてしまった。その目はこう語っていた――「私がここにいるのは、あなたを元気づけるためよ」。リリアンの献身の目なのだ。リリアンのこの目を逸らして、今度はサビーナの目に視線が移った。その目はこう語っていた――「私がここにいるのは、あなたを焼きつくすためよ」。こういうサビーナの目を避けたジューナの目はこう語っていた――「私がここにいるのは、あなたの画家としての夢をずばり映し出すためよ、水晶の球のように」。

パンと炎と光、ジェイはこれら全部を必要とした。リリアンがもたらしてくれる信頼によって、ジェイは自分を育むことができた。しかし、彼の絵そのものを啓発することはなかった。リリアンがジェイの後を追って、ついて行けない所が結構あちこちあった。ジェイは途中半ばでイメージが行き詰まったりすると、ジューナに会いに行くのだった。以前に彼女と一緒に街を歩いていたとき、一人の子供がジューナのもとにやって来て、縺れた糸を解いてほしいと言ったのを見たことがあったけれど、彼もまたその子と同じようなものだった。

ジェイは、この三人の女性たちが互いに仲睦まじくやってほしいと、願うこともできただろう。そうしてくれていれば彼自身が安泰でいられたと思えたのだから、三人が一番は自分だと優劣を競いあうと、彼の三つの異なる性格がひきつり、引っ張りあうかのように感じるのだった。

あのジューナの目で、何かを伝えようとしている人への思いやりを、リリアンも真似してみたことがあった。すると、ジェイもリリアンも、ジューナの存在をかなめに結びついていたのを認めざるをえなかった。リリアンがジューナの立場を奪い取ろうと躍起にならなければ、ジェイは心の平安を得てぐっすりと熟睡するのだった。

（寝乱れたベッドに横たわりながら、リリアンは思いあぐねていた、ジェイがいなくなってくれさえしたら、私は心穏やかに自由になれる、ばらばらにならずに、私らしさをそのままにできるはずだと。彼は私を束縛するようで、またその縄を解いてくれるようなときがあって、ころころ変わるのだ。ある日彼に温かな人間味を認めても、また次の日は無情な人柄を感じずにはいられない。彼が私にキスをしてくるとき、私という女性ではなく、今までの女性たちを想い出しているキス、あるいは、どの女だって同じだというキスにすぎないのを、私は感じるのだ。ジェイは蝋人形のように、蝋でできてるんじゃないかと思うときが幾度もある。というのも、日中彼が出会った人たちが映し出される陰影が、私には見えるからだ。その人たちの声すら私には聞くことができる。昨晩などは、私が前につきあっていた男性と、兄弟のように親しげに話をして友愛的精神をふりまいていた。これは一体どういうことなのだろうか？　ジェイから私を寝取ろうとしたエドガーにだって、ジェイは同じようにしていたし。ジェイというのは、みんなのことが大好きだから、その感情をむき出しに誇示して見せるところがあった。ある意味、ジェイは気まぐれ、でたらめなのだ。そういう彼らみんなが近くにいて、ジェイの顔面ま近かでお喋りをし、彼の息を、彼らみんなが吸い込むほどに近づくような、こんな状態が私には我慢ならなかった。誰もかれもみんなが、この特権を手にしていた。誰もが彼と話ができたし、彼の家だって共有できたし、この私さえも共用できたというわけだ。ジェイは何から何まで彼らに差し出している。ジューナは、こんな私は信頼に欠けていると言う……これって信頼するとかしないかの問題なのだろうか？　でもいったいどうやって、私自身の心の傷を癒せばよいものだろうか？　ただもう生活を維持して生きていく、愛していくことで、人は癒されるのだと私は考えていた。）

ジェイがバスルームで髭を剃りながら口笛を吹いているのを、ベッドに横たわって聞いているリリアンは、何だか不思議な気持ちになっていた。ジェイと自分とは束縛に近い夫婦の関係でありながら、未婚のようでもある、満たされる充足感もないままの関係を持ち続けるのは、何故なのだろうか。ジェイから逃げ出して別れようという彼女を支配する強い衝動のままに、自分をなびかせる気持ちをあらわすのに、リリアンが繰り返した独り言の語りより、はるかに的を射て語れる相手はジューナであった。ジューナとの会話は、いつもリリアンに本心を打ち明けさせた。

情熱とは、現実において手に入れられないものごとを、何としても所有したいという奮闘が齎す、熱狂的な機動力を引き寄せ集積するのだ。情熱は、そもそも、幻想から弾み踊り出るものだからなのだ。情熱は、満たされない、その特質が生み出す秘伝の知識から、力んだ勢いを獲得するものだからだ。情熱は、強烈な情愛という有機体に襲撃をかけてくるからなのだ。そうして、種々彩々ありとあらゆる情感を介して、自然なかたちの結合になりかわって、熱狂的な行動へと駆りたてるのだ。人と人、二人の間に、情熱は融合しかねる、それぞれの個性という要素を溶かし、一つにしたいという激しい欲望から生まれるのだ。この溶解の実験中、人間は究極的な高熱にさらされる。この強烈な体験が、むしろ融合できない要素をも、一つに溶け込ませるのではと思わせるのだ——水と火、火と大地、岩と水が一つに融解できるのではと。挫折の運命にさだめられた一つの賢明なる試み、である。

リリアンには、この情熱のからくりの全容が、理解できていなかった、だが、その現象が起こりつつある状態を感じていた、現に、ジェイと初めて大喧嘩したとき、リリアンはひどく苦しく泣いてしまった理由が、この状態のせいであるのはわかっていた。彼との些細な食い違いにめそめそしたのではなくて、この微かなずれが段々その溝を大きくしていき、その数ある要素のうちの一つでも積もり積もって、最終的には二人の関係を破滅させてしまうのだという彼女の予感が、彼女自身に警告していたからなのだ。

ジェイの気分が上機嫌のときなどに、彼はこうのたもうた——「ぼくの友人たちが君をそんなに困らせるならさ、みんなを壁に向かって並ばせて、二人で銃撃しちゃおうよ」

そんな言葉を聞いても、リリアンにはわかっていたのだ。今日出来上がった連中の言いなりに、ジェイは身を委ねたら、新しい仲間とまた同じような、つきあいを繰り返すだろうということを。リリアン自身には合わないジェイの性格の一部を、その連中たちが、まさに映し出していたし、そういうジェイの傾向こそ、リリアンが、もがき闘っていた彼の性質の要素でもあったわけだから。

直に手に取ってわかる違いしかピンとこないジェイにしてみれば、泣くほどのことではないじゃないかと、めそめそ涙するリリアンが子供っぽいと思った。そうではなくて、二人の関係が死に絶えていく不安への、その袋小路に追い詰められた状況に、リリアンは泣けてきてしまったのだ。近い将来に起こりうる消滅を暗示する最初の印として、これが最初の亀裂なのではと感づいて、二人の関係への信頼に対する彼女の喪失感に、涙が流れ出たのだ。この思いに至った瞬間から二人の間の情熱と呼べるものは、もはや結婚生活を肯定する表現ではなく、愛の死滅と離別に対する、もがきでしかなかった。

（ジューナにこう言われた――この関係が終わるのが耐えられないのね。でも、ジューナ、どうして終わらなければならないの？　どんな情熱もいつかは醒めて、死に絶えるとでも信じているの？　この結婚生活の破壊を避けるために、今からできる手立ては何かないかしら？　ジューナが確信していることがある、それは、情熱というのは自然死するものではないということ。人はみなよく言う、情熱が死んだ、愛が死んだ、と。でもそれは違う、自分たちが情熱や愛を殺したのだ。ジューナにこう言われた――離婚の兆候が現れた、とっぱなの段階で、そうさせまいと、あの手この手で奮闘することはできる、事実の湾曲に対して警戒をし相手を傷つけ、懐疑心を相手の心に一滴ずつ浸み込ませる手段、方法を見張ることはできる、この情熱の命を継続させるために闘うことはできる、この結婚という関係を延命するための一つの知識が存在する、つまり、この死は自然死ではないということ、しかも、リリアン、あなた一人で闘うことはできないのよ、ジェイの性格に、この争いの種があるのだから。人は現在進行形の人間関係と闘うには、二人の人間による奮闘が必要なのである。二人でもって労する努力、骨折り。ジェイには全く通じない言葉だ。ジェイは努力などしたことがない人である。ジューナ、ねぇ、ジューナ、お願いだからジェイに話してくれない？　このとおりお願いだから、やってみてくれない？　だめよ、それは無理でしょ、彼は難題と関わることは、どんなことでもまっぴらご免という人でしょう。彼はとにかく努めて頑張ったり、苦心したりやっていくのが嫌いなのだから。彼は自分にとって楽しいことだけ欲しい人なのよ。ジューナ、私が問題にしてるのは独占欲とかっていうのではなくて、私自身がジェイの人生の核になる重要な意味があるって、すごく感じるわけ、だから、私は彼に最大限の自由を許してあげることは難無くできるのよ、彼はいつだって、ものごとをいろいろ何もかも裏切ったり、めちゃくちゃに壊してしまうことをそんなに気にも留めない人なの。)

でも、リリアンは、逃げ出したかった。

リリアンが洋服を身に着けてお化粧をしてストッキングを履いて、髪をとかしつけている姿をジェイが目にしても、彼女の様子がいつもと違うとか、変に思ったことはなかった。つまり、彼女が髪の毛をすいて、おしろいをはたき、めかし込むときはいつも、一逃亡者の突然の動揺めいた雰囲気をかもし出していたのだから。まるで、びくびくと怯えているように、いつも彼女は落ち着きがなく、やたら、せかせかとせっかちに振る舞いはしなかったかい?

ジェイが彼のアトリエへ出かけて行った後、リリアンは寝室のドアに鍵をかけ、ピアノの前に座った、夫婦愛に見い出せない完全なる愛のかたちを、音楽にさがし求めようとして。ちょうど潮の流れが、屍や壊れ物や貝殻や喪失物を、海という特別で私的な彫刻を扱うアトリエで、海自体が色々に彫り込みを創り出していき、まさかというような場所へ流し、理性にもとづかない潮流に乗せて運んでいく。音楽のメロディーの流れも同じように、この人間関係の渦中で溺れることを余儀なくされた、人の自己という、本当の自分のばらばらになった砕片を排出して、形を変え刻んでつくり直し、自分以外の名もない姿を表現させて、また岸に打ち上げ堆積していくのである。岸に寄せてはかえす一波一波に翻弄され、逆流に巻き込まれるたびに、古きものから、海洋のようにどこまでも広がる想い出の数々から、新しい有形なるものがつくりあげられ、波の上高く放り投げられていく。

弾ける怒りがリズムをとって、海は忍耐強く彫り直し彫り直し、縺れに縺れた悪夢の数々から輪郭の型を我慢強くつくり直して、流木を形成していく。重なる不信や不確かさによる苦悩によって、木としての発育は静止され、歪められた造形が流木となる。

この木の瓦礫が奏でる音の調べから激しく流出されて、彼女を息苦しくさせるまで、リリアンはピアノを弾いた。それから、込みあがる怒りでピアノの蓋を閉めると、もう家を出て行こうと思い詰め、立ち上がった。

もう逃避する。逃避。

リリアンが初めて見せるこの逃亡への本能的かつ盲目的な意思表示は、黒いマントをすっぽりと身に纏うことだった。このマントとは、いつぞやサビーナとよく一緒に時間を過ごしていたころに、サビーナが着ていた黒いマントに真似た、模擬作のマントだった。

そういう意味で、リリアンは、サビーナのマントで自分の体を覆い隠したのだ。それから、重みのある二つのブレスレットを手に通した。(それぞれの腕に別々に。二度と一つになる絆はほしくなかったから。リリアンは希望を真っ二つに割ってしまいたかった。破壊されることから、少なくとも自分自身の片割れを救うために。)

そうして、ジェイと結婚して以来はじめて、彼女はモンパルナスにある、とても古びたホテルの使い古された階段を上って行った。逃亡者には、慣れっこになっている高揚感とは、こういうものかと感じ入りながら、上って行った。

擦り切れてほつれた絨毯を、底の軸糸もあらわになった絨毯を、見れば見るほど、ますます貧窮の、つんときつい臭いが鼻をつきガランとした部屋に見えてきた。こんなありさまを他の人が見たら、その気分を全音域の最低音までおとしてしまったかもしれないけれど、リリアンの感情をただもう意気揚々とさせたのだった。彼女が信頼できない人に頼らなければならなかった苦しみに、この不安に囚われた牢獄から、もうこれからは永久に解放されて、航海の旅に出かけるのだという、彼女の確信によって動きがとれるようになってきたのだ。自由の身となった彼女の気持ちは、印象派の絵画が、光をまだらのぶちにする筆遣いで描かれるように、キラキラと光っていた。

このホテルの一部屋で、彼女を待ってる一人の恋人がいた——こういう場面が、彼女の感覚をわくわくさせるものにはいたらなかった。

一時でもジェイのことを忘れられるように、誰かリリアンを助けてやってくれないだろうか？　エドガーはどうだろう、エドガーなら、彼女に手を貸してやってくれるだろうか？　エドガーのちょっとびっくりしたような目つきで、リリアンにこう言っている——君はステキだ、君は実にステキだよ！　酔っぱらってるのっていう感じで、何度も繰り返して言う、君ってステキだなあ！　ナイトクラブのテカテカした照明のもと、ジェイの目が届かぬところで、エドガーとリリアンの二人は踊った。けれど、彼女のドレスの襟元が少し開いて着くずれると、彼女自身とジェイの混じり合った体臭を、彼女の臭覚はとらえたのだった。

ジェイが他の女性たちと愉しんだことを、彼が感情剥き出しで白状したことへの仕返しをしていたのだ。

リリアンというのはジェイによって、ずっと時間をかけてつくられてきた女性なのだ、彼女の存在そのものの根本的な全ては、彼一人の手中に納められていた。だがいったん、彼がその根幹なるところを引き離してしまうと、彼自身が外へ、もっと向こうへ無制限に動くことで、彼はとんでもない苦痛を加えてしまうことになり、あっという間に彼女の根っこ、人間性の核心は破壊されてしまった。そして、彼女を宇宙空間へ送り出してしまったのだ。エドガーの言葉をありがたく聞き入るように、彼女を仕向けてしまった、ジェイから引き離そうとするエドガーの両手を喜んで受けるように、花を銀色の薄紙に包んだ、馬鹿げた贈り物にでも、（ジェイは彼女に、プレゼントを一度たりとも贈ったことはなかったのだから）感謝してしまうように、そして、こういった情景をジェイがまじまじと見ているのを想像したかった、銀色の薄紙にくるまれた花で身を飾って、彼女はエドガーの部屋に階段を上っていく彼女を、ジェイがじっと見ているのを想像したかった。そして、彼女が着ているものを脱いでいくのを目撃したときの、エドガーの傍らに横たわった彼女を目撃したジェイの苦しみを想像するのを、彼女は実に愉しんだのだ。（あなたは、あの連中が、仲間が、周りの大衆が気になる人なのよ、ジェイ、だからわたしは、わたしも、知らない行きずりの男《ひと》の傍らに身を横たえているのよ。わたしを孤立した気持ちにさせるのはね、ジェイ、あなたが友達づきあいを続けて惜しまない、あのいい加減な、派手で安っぽい卑しい人たちなの、だから、実は、わたしのなかのあなたを抱いてしまってる、知らない行きずりの男《ひと》と、わたしはここで寝ているのよ。その男《ひと》は女のように、不満をぶつぶつ言っているわよ――君はぼくのことを考えてないじゃないか、ねぇ、君には、ぼくのことで頭が一杯ってふうにしてもらわないとさぁ。）

ところが、リリアンが、あのサビーナのマントに似せてつくったマントを脱ぐやいなや、その部屋を、その男《ひと》を、この状況の現場を、自分のではない気持ちを、自分がやろうと決めた行為ではなく、サビーナがお喋りする冒険談の演目から、拝借したにすぎないものだということをリリアンは思い出した。

彼の不倫を懲らしめるために、単に芝居を打った、この場面に立ちあわせて目の当たりにさせるよう、ジェイを引き寄せたのはリリアンなので、彼女はジェイから解放されることはなかったわけだ。彼女は自由ではなかった、彼女はサビーナを演じなくてはならなかった、サビーナが好みそうな男《ひと》と一緒にいる羽目に。サビーナの熱にうかされたような説明をいろいろつけた。あの話し言葉や身振り素振りを全部ものまねしたリリアン。こんな風に、こうした体験の多くは悪い感化が伝染していったわけで、リリアンも、ついぞ、いまだ自分を自由にできずして、挫かれて低下した抵抗力しかない彼女は、ますます伝染病の病原菌にかかりやすくなってきていたわけだ！

リリアンは、性的な関係を見知らぬ男《ひと》ともったことより、自分を隠し変装してとった行動と、責任逃れしたことを恥じた。その行きずりの男《ひと》に名前は何というのかときかれたとき、彼女はリリアンと答えずに、サビーナと名乗ったのだった。

リリアンは家に戻ると、マントも演技も脱ぎ捨てた、行きずりの男《ひと》と何時間かを過ごしてきた、この女のことは知らないふりをしながら。

責任はサビーナになすりつけた。

逃避、逃避、逃避——でもどこへ逃避するのだ？　サビーナの自己を一時間ほど拝借するという行為への逃避か。彼女は解放されたかのようなふりをしながら、用心深い仮装のために、サビーナのマントを借り、サビーナの無謀さをも身につけてなりすました。

借りものの服は、しょせん借りもの、リリアンの体にぴったりとは合わなかった。

でもしばらくしてから、この仮装も役割を担うのをやめた。借りものは、リリアンの本当に望むところを暴露したのだろうか？

この可能性さえもが、借りものだった。

彼女が借り入れた、この役柄になりきる可能性、実現性。

不倫、不実などという言葉を持ちだしたリリアンは、この向こう見ずな態度を恥ずかしく思っていた（実際のところ、リリアンは、未だにジェイと何かと結びついていたし、彼女が行動していたのは、彼という存在あっての範囲内にすぎなかった、こんなだから、彼とのつながりは断ち切れていなかった）、この見え透いたシャレード、真似事やマントやブレスレットという要素を全てかなぐり捨てた、そして入浴し清めた後に、リリアン自身の衣服を着ると、カフェへ出かけて行った。そのカフェでは、ウエーターが何杯ものアルコールをつぎたしているグラスの脇に、すでに数枚の皿を積み上げていたサビーナと並んで、リリアンは腰をおろした。

長時間を絵と取り組んで、へとへとに疲れきったと感じると、ジェイはジューナに会いに行った。

ジューナのことを想えば、ジェイの心はいつも穏やかになった。彼にとって、彼女は一人の女性以上の存在だった。知り合いになり立ての頃は、ただの一人の女性とはとても思えなかった。彼が抱いた第一印象は、ルネッサンス時代に描かれた聖マドンナの絵画を連想させた。ジューナの生まれが何であれ、どんな経験を積んできたにせよ、以前の女たちに似通っていようといまいと、そんなことは問題ではなかった、ただ彼にとって、ジューナは一枚のキャンバスに描いた油絵のような女《ひと》だったのだ。その絵は、一番最初に黄金色でコーティングされているので、その上に、彼が彼女を訪れるようになった初めの頃に、彼が熱っぽく詳細にわたり論じた、この金箔の色彩が、あのルネッサンスにおける聖マドンナの肖像画に今なお存続しているように、まさにジューナと共に生き残り、オーラの光を放っていた。

幻想を払い除けようという彼の強迫観念があったにせよ、ジューナの睫毛が本物かどうか引っ張ってみさせ、また別なときは、バスルームのガラスや陶製の瓶の蓋を取って何が入っているか調べてみさせた、それから、そもそも男性たるもの用心には用心をするに越したことはない、あの女性たちが仕掛けてくる駆け引きとか、不自然でわざとらしい呪いの力を借りたりする手口を、彼は常に承知していたとしても、それでもジェイは、ジューナが単なる女性の域を超えた人物だと思った。しかも、しかるべきタイミングが到来しようものなら、ジューナという女性は喜んでそのヴェールを脱ぎ捨て、その逃げ隠れの巧妙さにも終止符を打ち、そうして正真正銘自分という正体を、あっけらかんとあらわにするのだった。

それは明朗な性格、というものではなかった。ジェイに言わせると、正直な人なんだよ彼女は、ということになった。彼女に関して明朗というなら、嘘やごまかしが本当にないのかと、ジェイは疑ってしまうからだ。ジューナは、常にその行動や思考に素晴らしい様式とか的を得たパターン、型を作り出す人なんだ——ジェイはこのことはよく認めていた。彼女の動静、彼女の暮らし方、生き方、彼女の発する言葉などには、ギリシア建築や美術に見られるシンメトリー、左右対称の調和のようなものが存在した。なるほどと思わせるほどに、ちぐはぐなところが無いのだ——実に明解だし。でも、そうこう思い巡らす間に、どこに彼女を見い出せただろうか？　気がつけば、彼女の理路整然とした考え方がはっきり見えるところには、もはや彼女自身はいないのだ。まるで潜水艦のように海底深く沈んで、不明瞭な領域に自らを見えなくしてしまうのだ。つまり、彼女は考えている事柄を全部、相手に差し出したように思わせていただけなのだ。この見せ方が明解だったので、自分をさらけ出したようにみせたにすぎなかった。その適切な言葉と、なんとも要領を得た言い方に、こっちが納得していたら、彼女の方から会話をするりと抜け出すや、ちょっといたずらっぽく笑い微笑むのだ。あるいはだ、その器用な話し方から、彼女が抜け出した、その先がこうなるときがあるのだ——実に悲哀に満ちた彼女の顔つきに彼女がただならぬ別な領域に、彼女が入り込んでしまったことが証拠《あかし》となって見て取れた。その心の領域に彼女と共に誰一人として続くことを、彼女は許しはしなかったし、絶望とも苦悩ともいえる心象の領域であり、もはや彼女の言葉ではなく、彼女の両目が欺き洩らし物語るのだった。

女性の持つ不可解さとは何だったのだろうか？　自身の内に隠してしまう、この固執——こうして単にますます謎をつくりだしていく、この粘り、あたかも彼女の本心と真実を突く考えを露呈することを、本命への愛情と密接な関係のために、とっておく贈り物であったと言わんばかりに。

この不思議を、率直な一女性がいつの日か、はっきりさせて、この問題を取り払ってくれるのではないだろうかと、ジェイは思っていた。この不可解さとは——女性たち自身がわかっていないとか、認めることができない、彼女らの女性たる要素の一部なのだということを、この今の時、彼は決して疑ったりはしなかった。

ジェイは、女性に備わっている潜在力の効力が、働かないようにする方法を、ずっと前から気づいていていた。それは、自分自身の全ての潜在力を、単純に平易なものにしてしまうことで無効にできたのだ。さらに女性というのはみな、一つの渇望を共有しているということ、両足という二本の支柱の奥、うす暗い所にある渇望を共有していることを、よく思い入れるということなのだ。天使でさえと、ジェイは言ったものだ、天使でさえ母親でさえ姉妹たちでさえ、みんな同じようにつくられているのだと。しかも、この彼の力を女性たちに対して、小さい頃から彼は維持し続けてきたのだ。彼がまだほんの物心ついた少年で、母さんのいる台所の床で遊んでいるときに、ドイツから移民したての大柄の女がやってきて、台所に立ちすくんで、仕事を見つける手助けを母に頼んでいるようだった。とうてい理解できない、お国言葉まじりの、訳の分からない喋りをするものだから、その女の人の外人ぶりに、歳に合わないお下げ髪に、何といっても彼女の話し言葉に、家中みなどうしたものかと、うろたえてしまったんだ。そうこうしていると、女の人は、これが国際的に共通した身振りだと、自分の技能力を証明するかのように、パンの粉を上手にこねだしたのだ。実に熱意を込めて一生懸命こね続けたんだ。その様子をじっと見ていたジェイの母さんは、この女の人に、だんだんと興味を持つようになっていった。

ジェイは、誰にかまわれるのでもなく一人、台所の床の上にマッチをばらまいて遊んでいた。そうしているうち、そのドイツ人女性の、茎を貫ぬいて拡がり伸びた、大きな葉のようなスカートからできた、色とりどりの模様のテントの中に、彼は、すっぽり覆われているのに気がついた。薄暗い二本の支柱が、一点に合わさっているところがあらわにされたのを、ちらっと見た少年は、目のやり場を失ってしまった。この女性自身の部分を見たままの形状は、この後永久に少年の脳裏に焼きついた。この眼識が齎す優位性、この明察と不過誤が齎す焦点という中心性は、この移民女性が携える民族装、階級、人種、国籍といった広大な迷走圏の中にいても、少年は目移りすることも、目のやり場に困ることもなかった。移民して来たての、この女性の外面的に異なる人としての要素は、何一つ少年が知り得た体験を拒むことはできなかった——女性の持つ、体の最も秘めたる構造との、この親密な経験を奪い取ることはできなかった……。

秘めやかに、ちょっと意味ありげに微笑むジューナの表情、彼女の部屋のドアを開けて彼の訪問を迎えてくれる度にみせてくれる、その顔を彼は想っていた。

夢見る人は、毛皮とビロードでできた目隠しを付けているのである。

秘めやかに、ちょっと意味ありげに微笑むジューナの表情、そしてジェイ自身が、彼女の家の中へ入っていく姿と、彼は偉大なる画家だという彼女の妄想を映し出す、毛皮とビロードでできた目隠しを両目の脇に付けて、キラキラと輝く彼女の顔をジェイは想っていた。彼は偉大な画家という妄想に少しでも水をかけるような要素を、その毛皮とビロードがかもしだす女王にふさわしい無関心を表した目隠しは、毅然と締め出していた。

ジェイを偉大な画家であると位置づけた、ジューナという夢想家によって建立《こんりゅう》された小さな聖堂を、彼女の顔の表に、彼は見てとることができた。ジューナの熱意を勝ち取ったジェイは、彼女によって理想化された自分がいる、その彼女の夢の世界へ、彼は彼女と共に入って行きたいと願ったし、またもう一つ、自分が彼女に話したことは何から何まで全て、黄金に変えるという錬金術のような彼女の技に、次第にうっとり心を奪われて、これは真《まこと》のことなのだと聴こえるようになるのを願った！

もしも、ジェイが、あのゾンビの札入れから、こっそり失敬したとしたら、それはね、と、ジューナが言うには、あのゾンビは、しみったれの欲深さから、挑発的に仕掛けてきたせいなのだ、ということになる。また、ある時は、もうとっくに、仕事にかからなきゃいけなかったのに寝過ごしてしまったと、ジェイが泣きごとを言えば、ジューナはこういう解釈に変えてしまうのだ、映画館の中でしか仮眠をとることができなかった、あの仕事中の睡眠不足を補おうとしていたのよ、と。

ジューナは、自分の都合のよいことだけしか、見たり聞いたりしようとしないのだ。（全く、女性というのは！）彼への期待と信頼に寄せる彼女の言葉や振る舞いに、彼の行為や行動に対する彼女の絶え間ない免除に、ときどき彼は、当惑を感じずにはいられなかった。

ジェイはジューナと時間を共に過ごしている間は、彼女が信じている事柄について、彼もますます夢中になって、本当にそうだと考えるようになった、そうすると、いったん彼女と別れて一人になると、気品とか、わきまえた態度から、今度はもっと急転直下、羽目を外してしまう始末になるのだった。というのも、彼女は彼自身の夢の保管人だという思いがあるものだから、彼が夢をないがしろにしてしまっても、彼女がその間、その夢を管理してくれているという甘えが生じていたからだ。何人かの女性の一人、その女《ひと》はジェイのことを、ひとり含み笑いをして見ていた。その女《ひと》は、芸術に付き物である人造の至福と、人間による言語を理解している。

　ジェイは散歩をしながら、一人の女性の物憂い美しさを映し出す都市を感じていた。それは、パリの都の美しさであった。特に、黄昏、夕刻五時ごろ、あちこちにある噴水も公園も、淡い灯りに照らされる頃、湿っぽい通りは薄青く鈍い光を放つ鏡のようで、そんな全てが真珠のような光沢に輝く霧のなかに溶けていくような時刻、けばけばしい飾りを付けて気取りながら、艶めかしく、媚びを見せる女たちが、繰り出して来る夕暮れ時だ。

　同時刻のニューヨークでは、男らしい勇ましさと刺激的な強烈さを呈している頃であった。煌々と手当たり次第に照らし出す街の灯り、鋼鉄の矢のような先端と巨人のようにそびえ立つ方尖柱とが、高く空を突き通す摩天楼の街、電気仕掛けの直立、堅苦しい大都会は恋人たち二人を追跡するため、ホテルの部屋へ気が利かない探偵たちを張り込ませる始末、宵闇迫る同時刻のパリのレストランでは、フランス人のボーイが恋人の二人にこう囁いた――個室《キャビネ・パルティキュリエ》をご希望でしょうね――同じ時の刻のニューヨークにおいては、ありとあらゆる全てのエネルギーが、鉄の建造物に注がれ石油を採掘し電力を供給利用する、全てこれ、大都会の原動力のために。

ジェイは、のったりゆったりと歩いていた、機嫌のよいときのゴミ拾いの男のように。気に入った通りを選んでは、練り歩いて行った。彼の気分を害するようなものは、片っ端から投げ捨てて、彼をにっこり楽しくさせるものだけを集めていた。カフェの日よけが青磁色に色褪せて古びた趣が、ちょうどあの教会の尖塔にある、時計の文字盤が青磁色に色褪せて古めかしく、くすんだ風情が揃ってよく似合うのに気付いて、彼はひどくうれしかったのだ。

　そうこうして、カフェのテーブルで、サビーナと話をしながら座っているリリアンの姿を、彼は見た。偉大な画家になるという彼の夢は、ジューナ（全く、女性というのは！）の両の瞳のなかに安全に貯蔵されていることが分かっていたジェイではあるが、その恩にそむいて、ここへきてアブサン〔ニガヨモギとアニスでつくる芳香のある緑色の強いリキュール〕をあおることから出でる、もっと浅薄な幻想に耽ることに決めたのだった。

　ジューナが覚醒した夢はあまりにも濃厚だったので、瞼を開けるのが、何千枚にも重ねて掛けられたヴェールや経帷子《きょうかたびら》の垂れ布を、払い除けているかと思うほど重かった。同時に、その感触というのが、ちょうどあのサーカスの空中ぶらんこ《トラピーズ》の曲芸師が、吊り下がった細い板にぶら下がって壮大な空間を揺れ動き、遥か向こうのぶらんこに乗り移る時、空中に身一つとなるや、あっという次の瞬間、再び彼の両手がぶらんこのざらざらした綱をつかみ取る、あの感覚によく似た感じをともなうものだった。

彼女の目覚めは、心痛む認識を十二分に呼びさますものだった。今日という日が、自分の仲間たちとの友愛関係から、つま弾きにされるのだという気持ちに取りつかれる日となるのを、痛いほどわかっていたからだ。

それに輪をかけて、こういう時期に重ねて起こりえることは、自分以外の人たちの深遠な自己と、にわかに接触をきたし、最も奥深くに隠された悲嘆を見抜く極めて明晰な直観力を、彼女は発揮してみせるだろうということだった。

だけれど、この心中にある拠り所を踏まえて発言しようものなら、あの人たちは不快感を隠せないだろう、彼女が言ったことの事実を認めようとはせずに。こういうことになると、いつだって、あの人たちは何か自分たちのことが悪く暴かれでもしたと思い込み、すぐに雪辱を晴らそうとするのだ。自分でもよく分かっていない、自分でも馴染のないというか、自分でも気に入らない自己の表出を、取り繕って弁護しようとやっきになるのだ。彼女の想像が行き過ぎだとか、彼女は誇張し過ぎだよと、彼らは彼女を責めた。彼らは自分たちの様々な個性という、おもて面をあらわすには、自分たちに馴染のある分かりやすい言い回しだけが、自分たちのなかで残り留まっていくものだと強く主張して聞かなかった。彼女がやっと行き着いて手にできるような深みの部分にある個性なんて、彼らには見ることも不可能だったのだ。彼らは本当の自分とは違う、虚偽のただなかに身を置くとほっとして落ち着けた。だが、これを見抜いた彼女の洞察にあからさまにされることは、毎日の人付き合いを妨げてしまう入口が、だんまりと閉まったままの表面下、地下深い心象を無理やりにでも開け放とうとされるかのように感じたのだ。

彼らは、彼女が幻想の世界にしか生きていないと、事あるごとに非難しようとした、一方、彼らこそ現実に目指して生きているのだと言い張りながら。

真の自己を欺くという彼らの欺瞞性の、なんと堅固で、かつ本物に見える素振りを合わせもっていたことか。触知できるもので、完全に裏付けされていたのも驚くほどだった。

ジューナは、それはどれも違うと感じていた、なぜなら、彼女には彼らが隠している、たくさんの欲望や、表に出さない、いろいろな不安や、秘密にしている意図された多くの計画が、手にとるように、よく分かり知り得ていたからだった。それに、彼女がそう見なして判断したことに、揺るぎ無い確信を抱いていたからなのだ。

何やかやとジュ－ナが抱え込む問題は、彼女が規則的な行動をあまりにも急いでとってしまうから、難儀なことになってしまうのだと思えた。事の次第を説明する証は、いつも後からしか出てこないので、彼女の人生の真価の決め手となるのはむしろ遅すぎた。しかし、その証拠を彼女が構築中で他の誰にもアクセスできない、この内面の都市につけ足して増築するには、まだ間に合った。人々が自分自身を表現しながらも、演じている極限の自分がジュ－ナには見抜けてしまうので、そういう偽りの自己を、あの人たちがうっかり露呈してしまっても、ジュ－ナが驚くことは決してなかった。人がやってしまう、この最大限の演技は、いつしか、その人の苦しみになるのを彼女はよく知っていた。人がこれを達成したいとか、こうなりたいとか、強い思いを抱くときに、この知識は人としての喜びや人生に反する脅威であった。この知識に背を向けて直視しない人たちを彼女は気の毒に思った。それにもかかわらず、彼女にはもう一つのことを知り得ていた。人が、あの知識に背を向けても、また別の新たな苦しみの種が人々を待ち受けていることを、彼女は知っていたからだ。人々は自分たちが望む本当の夢とは何なのか、彼ら自身が気づけていないということを。

ジューナもまた、こうでなくてはならないと自分に課す事柄から、逃れてしまいたいと思うことだってできたのに。

たとえ、こうなりたいと心に抱く、様々な夢をいつの間にやら打消し、意識から外して壊してしまいたいと、もう見ないように流してしまいたい、捨ててしまいたいという欲望に、ときどき駆られることがあったにしても、それでも、彼女が追い求めている独特の趣を、違う姿に変えた「何か」を、彼女は肌身離さず持ち続けた。人々が抱く元来の夢に、彼ら自身の手でなされる裏切りや崩壊が、彼女に伝染して移って行くのを良しとして許した。そして、その人たちよりもジューナの方が強いという事実を証明してみせた「何か」を、彼女と共に携え続けてみせた。

人間にまつわる、あらゆるしがらみというか、挫折、嫉妬、動揺、屈服、ごまかし、こういう一切合切に毒されるままになったとしても、ジューナは解毒剤のようなエッセンスを身につけていた。エッセンス、それは生きるために本質的な不可欠なエキス、つまり、失望を希望へと、辛辣な嫌みを信念へと、頓挫を新生へと、負担を啓発へと、逆転させるものだ。

ジューナの掌中に収めたものは何もかも、その実体の本質や、質の良し悪しや、やり方や意図が変わっていった。

このような変化が、彼女の意に反して生じるのをジューナは見てとってはいたが、なぜその変更が起こるのか分からなかった。

昨日、負けたことも、忘れがたい恨みも、思いがけない不運な出来事も何も覚えていない、まるで小さい子供たちがそうするように、ジューナは毎日毎日を新たに始めることができたからなのだろうか。昨日何が起ころうと、今日は奇跡が起こるかもしれないという期待にわくわくしながら、ジューナは毎朝目覚めるのだった。ベッドのシーツから彼女の両手が真っ先に伸び出して朝を迎えた。その両手には傷ついた気持ちも重荷になっている悩みごとも、そういう記憶は何も無くて、それどころか両の手はもうダンスを踊り出していた。

それがジューナの目覚めだった。新しい一日は、新しい人生を意味していた。毎朝が人生の始まりだった。

心痛からできた沈殿物など跡かたも無くなっていた。確かに悲しい気分というのは少し残っていた。でも辛い悔しさや、怒りが堆積してできた流れが澱んだ溜まり水など、全く無くなっていた。

生きることに挑む覚悟さえあれば、人はいくらだって新しく始めることができるのだと、ジューナは信じていた。

鋭敏で細やかな感情を取り巻く、生活感によってできる皮膚硬結を、消滅させることができないものこそ、彼女が唯一、自分の内に取り込んでしまう酸というものである。

毎日、ジューナは、彼女の信念を伴って、周りの人々のことを見た。彼らが、見限って棄ててしまう行為にでるときにも、信念という制限無き埋め合わせを供給しながら、彼女は彼らのことを見ていた、現状の自分を、これが最終的な自分だと思うようなことは、彼女には到底受け入れられなかった。これから更に、拡がり伸びる可能性の数々に注目することで、彼女は無限の将来性が生じる気風を確立していった。

一つの奇跡が起こるんだという期待感を持つがゆえに、それだけに、とんでもなく大きな失望感に身をさらすことになるのだけれど、そんなことは、彼女はへっちゃらだった。あの人たちが、彼ら自身も彼女のことも、偽りごまかしてくるとき、一人の人間として辛いと思う、でもその悩みは、彼女にとっては悩みごとのうちに入らなかった——ちょうど生みの苦しみように、出産にともなう、あの苦痛をやりすごすのと同じだった。

人間が自分の胸に抱く夢というのは、人が持つ最大の渇望なのだと、彼女は信じていた。もし統計がはじき出せるものなら、災難が齎す死亡者数よりも、余儀なく壊された夢の数の方がはるかに上回るだろうし、中絶や流産による胎児の死亡数よりも、絶望という精神的感化による死亡の方がはるかにその数が高いだろう。

この究極なる認識をいつも携えているジューナは、しばしば妙な報復の犠牲者となることがあった――つまり、彼らの満たされることもない夢へのイメージに対する、彼らの思い出の復讐なのだ。彼らが、ジューナを負かしてしまうことさえできたなら、彼らの夢叶ったときの完全なる自分という、絶えず彼らの思いにつきまとってくるイメージを破壊し尽せるかもしれない、そうできれば、もうこの心乱されるイメージと縁を切ることができるではないか！

この世界から、自分とはどういう人間なのか、その正体を見極める段階をさらに深めた心象の領域に拡がっている、内面の都市から、ジューナを救い出してくれるかもしれない人物が一人いるのを、彼女は知っていた。

ジェイからなら、彼女は習うことができるかもしれない。かなりたくさんの人たちがいる世界へ足を踏み入れて、夢を厳しく淘汰する選択性（この人こそ私の夢のイメージに叶うとか、この人では私の夢にはふさわしくないとか）を断念するということを導かれるかもしれない。というのも、夢見る人というのは、ありきたりのこと、普通を真っ向から拒絶するものだから。

そこへいくとあのジェイは、凡々たる普通を、むしろ招き入れる人だった。仕事とか何にでも未完成な状態にある人、不完全な段階にある人、地位も低くて二流の医師、たいしたものしか描けない画家、凡庸で普通極まる作家、何をする人でも、とにかく並みの並といった人。ジューナにとっては、いつも一流でなくてはならなかった――顕著な、素晴らしい医師、唯一無二の作家、つまり、それぞれの領域で第一人者であることによって、そういう凄い部類を合計してみると、完璧さの象徴となることができた。

ジェイの方は、凡人であることを受け入れることに楽しみが用意されているのだという、彼こそが生き証人のような人だった。ジューナは、こういうジェイから学びたいと思った。毎日食べる同じパンで満足できるように、ジェイに習いたいとジューナは思った。彼は、食べ物でも住む家でも、町行く通り道でもカフェでも、人達でもどれも誰もみな、変換、変身する前の状態で彼女に差し出した。一路簡素へ立ち返る、一つの手段である。

ジューナの人生という迷宮のなかでは、どこかにその象徴を評価しかねながらも、パンは舌の上で聖体拝領の薄いパンに変わっていた。聖餐は彼女にとってパンとぶどう酒ではなく、親しく交わり経験して知りうる、人生の現実的な生き方であり続けてきた。聖餐のパンになり変わって、キリストの血、ぶどう酒になり変わって、人生における実際的人との交わりとして。

ジェイは、いつもながら何も変容しない人だ。ごったがえしている込み入った世界に、彼女を戻したいと思っていた。ジェイはジューナをからかってこう言ったことがあった。辞書の中の、接頭語、Trans の項目に、transmutations（変性）、transformation（変化）、transmitting（移送する）等々と記されたページに、彼女の顔写真が載っけてあるのを見たよと。

夢を大事にする人の世界には必ずと言っていいほど、孤独が付きものであった――高揚する気持ちや、わくわくする喜びとかは全部、こうしていこう、ああしていきたいと、生活の計画を立て準備していくなかにあるものだ。こういったことは孤独の只中で起こるのだ。しかし、いよいよ本格的な行動に出ると不安がともなった。続いて、その夢が叶うためには、克服できないかもしれないと感じるほどの努力をすることになり、このとき当然、疲労はつのり落胆は免れず、そうしてまた孤独の居に飛んで戻っていた。しかし再び世間から離れて一人追想に耽り、アヘンを吸う隠れ家のような独居にて、なんとまた懲りずに、あの可能性という希望に満たされていくのだった。

ジューナは、日常の暮らしの流れから、何を守り救おうとして捜し求め続けているのか？夢追う人の孤独の庵へと、彼女を余儀なく戻らせる気持ちの激変とは何なのだろうか？

ジューナの内面の都市である、あちらからもこちらからも、ジェイに彼女を連れ出させようではないか。

ジューナは、いつもどおり仕事をしてから二、三時間ダンスを稽古して、そして、靴を修繕に出しに行って、カフェに向かっていた。

靴屋は通りに面した窓を開けっ放しにして、靴作りの仕事をしていた。この店の前をジューナはよく通ったが、その度にいつでも、靴屋の主人はハンマーを手に釘を一本口にくわえ、作っている靴の近くまで頭を下げて、低い椅子に身を丸めて腰掛けて、仕事をしているのを目にした。

修理が必要な彼女の靴はどれも、この靴屋へ持って行った。というのも、彼は彼女と同じように独特で、ちょっと変わった靴が大好きだったからだ。ガレー船〔古代から中世まで使用された人力でオールを漕いで進む軍船〕の船首のように先がとんがったモンテネグロの上靴や、金糸でさした刺繍が入ったモロッコのスリッパやチベットのサンダルの修理を、この靴屋へ持ち込んだ。

彼の視線は、取りかかっている靴から、彼女が持ちこんできた箱の方へたどるようにして移っていった、まるで彼女が彼に贈り物を持って来たかと、彼が思ったようにだ。

今まで一度も見たことがなかった、ラップランド産の毛皮のブーツを手に取って、縫い目の実直さに彼は感動していた、トナカイの胆力がいっしょに手縫いされていると。靴屋の主人は、その靴にまつわる歴史の話を聞きたがった。

むずむずと、じっとしていられないジューナの足を、満足させられるほどの旅行には出かけられないけれど、訪れてみるのは叶わないかもしれない場所から、やって来た靴さえ履けば、その欲求も満たされるという訳を、ジューナはこの靴屋の主人に説明する必要なんかなかった。ジューナが足を入れたラップランドから来たブーツを見ていれば、雪の荒野を歩いている彼女自身を感じることができる説明なんて、彼には必要なかった。

靴はジューナをどこへでも連れて行ってくれた、疲れを知らない靴はいつまでも、どこまでも廻ってくれた。

大旅行家の好奇心をもって、ジューナの靴を靴屋の主人は修繕した。履き古されて穴が開いたこの靴を、彼女が行きたいと思った所は全て制覇した、その航海から帰還したかのように、敬意をもって修繕した。彼がブラシを使って磨きをかけた埃や泥は、パリからのみならず、エジプト、ギリシア、インドにも及んだのだ。彼女が修理に持ち込んできた靴は、彼自身の航海の旅でもあり得たのだ。履き古しの、ほころびは旅の遠征のしるしだと、ちぎれた紐靴は行った先々での発見の証拠だと、裂けた踵は、探検家にのみ起こりうる出来事の痕跡だと、彼は尊敬をこめて扱った。

靴屋の主人は、いつも座っていた彼の半地下の部屋から窓を見上げると、ちょうど道行く人々の足だけを見ることになった。

「端麗な足が、私は好きでねぇ」と彼は話した。「醜い足ばっかりしかお目にかからない日もあるんだよ。でもまた、たった一人だけの美しい足を拝む日もあってね。そんなときは実に幸せになるよ」

ジューナが店を出ようとしたとき、初めてのことだったのだけれど、ただの一度だけ、彼は仕事の手を休め低い腰を上げて、彼女のために扉を開けようと先に歩み出した、びっこを引きずりながら。

彼の足は尖足だったのだ。

昔、ジューナがまだ小さい子供のころ、頭からショールをすっぽり被って部屋の隅っこにいるのを、激怒している両親に見つけられたことがあった。ずいぶん長い間、彼女を捜し回っていたのでひどく怒っていたわけだ。

「ショールで自分を覆って、そんなところに隠れて、あんたは何をしているの？」

彼女はきっぱり答えた――「旅に出ているの。私は旅行中なのよ」。

サンテ通りが、ドラン通りが、サン・ペール通りがボンベイにラドマに、ブダペストに、ラヴィニアになった。

ジューナが想いを馳せていた内面の都市は、あちこちにあって、まるでフェズの街のようだ。道が入り組んで、どこまで行っても終わらない通り、奥まって隠された秘密の場所、地図にはない都市なのだった。

そうして、靴屋を出ると、ジェイが、いつものカフェでテーブルについているのを見つけた、リリアン、ドナルド、マイケル、サビーナとランゴも一緒だ、すぐにジューナも彼らのなかに入って行った。

ゾンビのファウスティン、彼のことをみんながそう呼んだ。行き当たりばったり、これでいいやと決めた賃貸のアパートだけど、備え付けの家具一つとっても、カーペット一枚にしてもそうなのだが、彼自身を創りだしている要素が注ぎ込まれでもしたように、彼の内面の自分のイメージを、実に正確に外へ映し出していた。その部屋で彼は目を覚ました。

まず、このアパートの部屋、扉が開いても、さっとドアのところへは行けないのだ、薄暗くて途中で曲がっている廊下を、通っていかなくてはならなかった。次に、彼は工夫して、窓をつやづけした光沢のある布地で覆った。そうすると、部屋にある小物も本も家具もが、貯蔵庫に保管されている物のように見えてきた。シートを被せて休止状態のまま置かれてきた物が、冬眠の匂いを放っていた。

何脚もの椅子とソファーの上といえば、それはもう横に大きく広がる天蓋が垂れ下がっているのかと、人は思ったことだろう。でも、いくつかの椅子は、隅の方で身を寄せ合うように隠れていたけれど、残りの椅子といっしょに置くために、部屋の中央あたりまで無理やり引きずり出してこなくてはならなかった。枕やクッションの中身は惰性が詰まっていたし、よれよれのくたびれた織物でできた長椅子のカバーには、無関心が、だらりと乗っかっていた。部屋のど真ん中に陣取ったテーブルは、どっちへ行き来するにも通り抜けるのを妨げていたし、ランプは疲れた灯りを注いでいた。四方の壁は全部、灯火を吸い込んでしまって、一条の光さえ反射することはなかった。

ファウスティンの無関心が、部屋中に響いていた。人間が何かに開花する場面と同じように、部屋の中にある物だって人間的な温かい、その物を大事に思う気持ちが欠かせない。ランプは、人の内面の光のあたり具合に応じて、弱々しい光か、はたまた惜しみない光々とした照明を注いだ。微かな埃でさえ、この部屋の主人の気質に合わせて、ここに宿っていた。埃でさえ才気縦横な部屋もある。部屋によっては不注意でさえもが生きている部屋があるのだ、誰かによる乱雑さも、おっと、重要事柄へと猛進していく。ところが、ここファウスティンの部屋では、主情的なデッサンで描いても、不規則な線さえ生じなかった!

安普請のアパートの壁は、隣の部屋の声が聞こえてくる始末だった。

今朝は、そんな隣の丸聞こえの二人の会話を耳にして目が覚めたというわけだ。

男——信じられないな、一緒になって、もう六年になるなんてね、しかもぼくはまだ君のことを錯覚してるんだからさ。こんなことって、しかもこんな長い間ありえないよ、他の女性の誰とも経験したこともないよ。

女——六年間！

男——どれくらい君は浮気をしてきたんだい、お聞かせいただきたいね。

女——まあ、あなたがどれだけ浮気したかなんて私は知りたくないわ。

男——なんだってぼくが、ほんの二、三回程度だよ。君が家を留守にしている間は、いつも淋しくなって、一人置いてきぼりにした君に腹が立ってきてね。ある夏のビーチだった……コレットっていうモデルを覚えてるかい？

女——そんなこと話してなんて、私頼んでないじゃない、知りたくないのよ。

男——だけどぼくは知りたいんだよ、君はあの歌手と出て行ったってこと、ぼくは分かってるんだよ。どうして君はそんなことしたんだい？　あんな歌手なんかと寝たりできなかったね、歌手とはね、全く！

女――だけど、あなたは、モデルと寝たじゃない。

男――それって違うよ。そんなことは問題じゃないって知ってるくせに。君がたった一人の女《ひと》だってこと、分かってるくせに。

女――あなたにとってはどうでもよくて、私が浮気をしたら、それは問題だって、あなたは考えるわけね。

男――だって女が浮気をするって、それは男のとは同じにはいかないよ。どうしてなんだ？どうしてそんなことやったんだ、あの歌手を相手になんて、何が君をそうさせたんだ？　わからないんだよ、ぼくが君のことをこんなに愛しているのに、あんなに何度も君を求めているのに？

沈黙。

女――こんなことを話さなくちゃならないなんて信じられないわ。あなたがどうしたとか、しないとか私は知りたくないのよ。（泣きながら。）考えたくなかったのに、あなたは無理やり思い出させて、ひどいわ。
男――泣いているのか！　だけど、あんなことたいしたことかい、ぼくはすぐ忘れちゃったよ。なんせ六年間に、たったの二、三回ぽっきりのことだったんだからさ。ところが君はというと、かなりの回数だったはずだからねぇ。
女――（まだ泣いている。）こんなこと話すなんて、私は切り出してないわ。なんでこんな話を私にしなきゃならないわけ？
男――ぼくが君よりずっと誠実だからだよ。
女――誠実じゃなくて、仕返しでしょ。私を傷つけるがために、この話をしたわけね。
男――君がぼくに正直になってくれるんじゃないかと思って、この話を切り出したんだ。

沈黙。

男――なんて強情なんだ、君は。何故泣いているんだ？

女――あなたの浮気のことじゃないわよ！
男――すると、君自身やったことに泣いてるわけ？
女――社会一般の不義について嘆いているんです！　なんで人は互いに傷つけ合うものかと。
男――一般的な不義だって！　特定された不貞をはぐらかすには、なんてうまいやり方だろうね！

沈黙。

男――あの君の夜の愛し方を、どこでどう覚えたのか伺いたいもんだねぇ。誰から教わったんだい？　そんなことは、そんなにたくさんの女性がかかわりはしないからねぇ。
女――私が覚えたという……他の女性たちとおしゃべりしていて、そっからよ。それに生まれもって、という部分もあるかも。
男――ほとんどの手ほどきをしたのはモーリスだと推測がついているんだ。どうして君があんなによく知っているのか、ぼくは頭にくるんだ。

女——あなたがどこで習ったかなんて私は聞いたことないわ。それに第一、これはどんな場合も個人的なことだわ。それぞれのカップルが自分たちの愛し方をしていくの。

男——そう、確かにそれはそうだね。何度か、ぼくは君をすごく感じさせて、声をあげさせたことがあったよね。

女——(泣いている。) あった、なんてどうして過去形を使うの?

男——なんだって、君は、あの歌手と駆け落ちをしたんだい?

女——まだそんなことをしつこく言い張るなら、ちょっと言わせていただくわ。

男——(とても緊張した声で。) あの歌手のことかい?

女——ちがう、別な人。一度、不貞をしようと試みたの。だってあなたが私を顧みないころだったから。ある人のことがかなり好きになったの。それでうまくいくはずだった。ただ、その人は、あなたと全く同じようにはじめるわけ——君はこの世で一番やわらかい肌をしているねって。これを聞いて、まるであなたそっくりで、あなたが言うのを思い出して、そんなので、私はその男の人をその場で捨てて出て行ったの。だから、何もしていないのよ。

男——だけど、君の肌の品定めをするには十分の時間を一緒にいたじゃないか。

女——私は本当のことをあなたに話しています。
男——君は、今、もう、何も泣く必要はないよね。だって君は復讐を果たしたんだから。
女——私が涙しているのは、この世のなか全体の一般的な不実、裏切りに対してなのよ。
男——ぼくは君を絶対に許さないからね。
女——六年間のなかのただの一回きりなのに！
男——相手はやっぱり、あの歌手だって、ぼくは自信を持ってそう思うよ。

ファウスティンは煙草を吹かしながら、寝ころんで聞いていた。ちょっと一言どうしても言いたくて、いてもたってもいられなくなっていた。彼はイライラしながら壁を叩いた。とたんに隣の男女は静かになった。彼は、できるだけ大声を出して言った、「聞いてくれ、おたくたちの会話は丸聞こえだったよ。この話、明らかに男の方が不当だし、女性は全く正しい。彼女の方が彼よりもずっと忠実だ。彼女は自分の気持ちに対しても、個人的な習慣に対しても、忠実な人だ」
「君は誰だ？」隣りの部屋の男が、怒って言った。

「別に誰ってことはない、ぼくは単なるお隣りさん」

それから、また、けっこう長い沈黙が続いた。

その後、荒々しくドアを閉めて人が出て行くのが聞き取れた。ファウスティンは、人が一人静かに動き回っているのも耳にした。どうやらその足音からして、出ていったのは男の方だ。

ファウスティンは、再び横に寝ころんで彼自身の悩みについて、いろいろ黙想していた。

このとき、彼は操り人形のようだと思った。しかし、こう思ったのは今日が初めてでもなかった、ただこんなに、はっきりと感じることは今までなかったことだ。

彼の生活は全て、隣りの部屋でくりひろげられていて、彼はいつも、その目撃者であった。彼はいつも、実況解説者となっていた。

彼は盗み聞きをしたことに罪の意識を感じた、この気持ちは、彼が行動をとる人物では決ってしてないことへの罪の意識と同じものだった。彼はいつも誰かについて回っていた、結婚式も病院の診察も、お葬式の埋葬もお祝いのパーティも、彼は誰かに付き添っているだけで、彼自身のかかわりそのものは皆無だった。

彼は周りの友人やらに、何なとするがままに任せておきながら、後になってから、ああだこうだと物議をかもす意見を言ったりしたのだ。彼はジェイのモデルになって絵を描くのを承諾しておいて、その展示された作品に、皮肉に満ちた評論を書いたのだ。彼はサビーナに、彼女特有の情熱でもって、周りの人たちを困惑させたっていいんじゃないと話しておいて、サビーナの熱情にやつれ果て、結局跳ねつけられた人たちに、同情っぽく微笑みかけているのだった。今日、このとき、ファウスティンは、彼自身がサビーナのような感情に翻弄されて、嫉妬で心の浸食を受けたり、挙句の果てに拒絶される者でない自分のことを、恥ずかしく思った。彼は、ジューナに喋ってしまったからとか、マイケルの色恋で性的倒錯からでた悲劇的結末を直視するべきだとか、言っておきながら。ファウスティンは、他の連中に、泣き叫べよ、不平をぶちまかせ、死んじまえ、とか言っておきながら。

それなのに、彼がしたことといえば、自分の身を守って壁越しに声を出しただけだった。彼は怒り出して、「あなたが正しい、あなたが悪い」と言っただけだった。

こういうことをつらつらと瞑想していると、彼は落ち着きをなくしてしまい嫌気がさしてきたので、彼は着替えてカフェへ繰り出すことに決めた。

彼と血の繋がりがない人たちからも、みんなから、彼はフィリップおじさんと呼ばれていた。彼は葬儀屋としての几帳面な歩き方をし、売場監督として愛想が良すぎる声をしていた。彼はいつも手袋をしていたし、彼は、踵の底をきちんと張り替えた靴を履いていたし、彼は、ちゃんとケースに納められた雨傘を携帯していた。

彼がかつて少年だったなんて、いや青年だったことでさえ、想像しがたいほどだった。その年頃の写真を一枚も彼が所有していないことは、言わずと知れたことだった。しかも、彼の人格のなかに、明らかに存在しない一面である、このことについて一言も決っして話さない分別を持っていた。彼は生まれながらにして、白髪混じりで、か細く礼儀正しい人だったということだ。

最も地味な目立たない服装で、近親に先立たれる告別の辞を知らせる者の礼儀を尽くす場にあって、フィリップおじさんは、それにもかかわらず、彼が繋がっている、肌の色も多彩な国際的で派生的な大家族たちに、この営みを詳細に報告したが、そのような良からぬ知らせを履行するというよりは、単に表明すること自体に満足していたと言って良かった。

こうこう、こういう親戚は、フィリップおじさんにはいない、という国名を述べることができた人は一人もいなかった。

こうこう、こういう親戚は、フィリップおじさんにはいない、という社交界、政界、金融界、芸術・文芸界を名乗ることができた人は一人もいなかった。

彼自身の本職は何なのか調査する思索に、誰一人至る者はいなかった。人は、彼が一人の証言として承諾していた。

フィリップおじさんは持ち前の信望と時間厳守の几帳面さから、遠路インドへ行き、業績名高い勇敢な手柄を達成して盛装に身を飾った、家族の一人のための祝祭儀に、列席するのを何とか成し遂げたのだ。あの雑誌、『ナショナル・ジオグラフィック』に載っている写真に似ている色彩の精密さをともなって、その儀式の全項目を一つ一つ留意して詳述してみせた。

それから、ほんの二、三日後には、彼はベルギーの別の顔ぶれの結婚式に、すまして出席していた。この祝典から、彼はカトリックのお香が放つ、なかなか抜けない芳香自体を、観察結果の所見として報告に代えた。

また、二、三日経って、彼はハンガリーへ赴き、新生児の洗礼式に、名づけ親として立ち合っていた。その後、続けざまにパリへ行って、また別の親戚が催す、とても大事な演奏会の初舞台に参上していた。

様々な儀式の舞台裏でも、彼は人当たりが良くて、おまけに親切で皆と仲睦まじくしていたけれど、その場の人たちの色に染まることもなく、華やかさや知名度の高さなどにも感化されることなく、彼自身の自然体を保持していた。彼の灰色の持ち味が、この世の成功とか、飾り立てられた花々とか、次々に交わされる握手などが放ち感興をそそる、あでやかな色彩を取り込まずにいた。その儀式の場にある彼の自尊心というのは、歴史的なかかわりであったので、彼の個人生活には何の脚光も照らさなかったのだ。

彼は立ち合い証人であった。

彼は名誉を感じるでもなく、かといって不面目《ふめんぼく》とも感じなかった。（とても遠縁にあたえる筋の、電気椅子による死刑にも彼は立ち合っていた。）

彼はどこからともなく現われた。家族である一員としての帰属意識から当然のこととして、しかし儀式が終われば、ワインで乾杯し食事を共にし、門出を祝し米粒を投げかけ、聖職者の説教や意見に耳を貸すれば、即、彼は、そこへやって来たままに姿を消したので、彼のことをしかと覚えている者はいなかった。

この家族という系譜を継続させるため、そしてまた、広がりいくも縁が薄れいってしまった、放蕩に身を任せ散り散りになった家族という結束を、再び密着させるため、何千マイルの旅を果たしてきた彼は、さることながら、あっという間に、その時その場で忘れ去られたのだ。

もっとも、よりお役所風の、形式張った家系の家族たちの経歴に、付き添う方が簡単ではあった。型どおりの結婚と離婚を実行する、あるいは初夜の床入れという伝統的習慣に準じたり、英国の宮中での伺候を滞りなく終わらせたり、アカデミー・フランセーズに選出されて、想定された栄誉の証を授与するとかいった儀式。こういった祭儀の様子は全て新聞に掲載されていたので、もはや、フィリップおじさんは、毎日朝刊の記事を入念に読みさえすればよいことであった。

そうはいっても、この広大な家系への献身は、この家系譜に綴られていく、確かに見てわかる通りの出来事に、これまた即、見てわかる、彼のこまめな介添えは、ここまでにしておくといったような制限に、妥協しないたぐいのものだった。

葬儀場や教会や本人の自宅や、サナトリウムも病院にも、ただ姿を現わす程度のことで、彼は満足していなかった。

彼は、ものを嗅ぎつける鋭い勘と同等の精巧な的確さを武器にして、さらに秘密めいた展開の成り行きを追跡し続けたというわけだ。ある親戚が、不倫の末での内縁関係か、はたまた同性愛結婚か、いずれにせよ型破りな組み合わせに際すれば、フィリップおじさんが誰よりも早く、いの一番に電話をかけてくるのだ。全ては滞りなく整えられていると決めてかかり、当事者たちは人柄が良く、礼儀正しい心配りの優れた人たちであると、強く断言してくるのだった。

不当なミステリーは、こういう事の運びを通して、フィリップおじさんがかもしだす、縦横の才気と光明や光輝のエネルギーが、何一つ決して伝播しなかった矛盾のなかに、据え置かれていた。(なぜならば、電気椅子での死刑執行でさえ、唯一無類の結果無しに取り行われはしなかったからだ。つまり、彼が介添え人であっては、電力はもはや萎えてしまい、しかるべき任務を果たすことはできなくなってしまったからだ。)

というのも、家系譜は、次々に花咲かせて豊満な拡がりを展開し、彼は移り動いていた一方で、年ごとに、彼自身は少しずつ枯れて衰えはじめていた。前より、やや惰性的になり、前より、ややこわばって堅苦しくなってきていた——それは木製の彫像が年月を重ねて、修復できないほどの倦怠をさらけ出してくるのに似ていた。

彼の顔色は、一定不変に灰色であり、彼のスーツは均等によれよれになって、彼の靴底は、平坦に擦り減っていたし、彼の手袋はどの指もほつれていた。これはこうなるべきものとして、こうなったのだ。

だからといって、次から次へと果たすべき任務にたいして、細心の注意を怠りはしなかった。一歩一歩着実に、最も方針の定めにくい仕事と作業から、見破り探り当てる才能は、彼にひときわ冴え渡る偉業を成し遂げさせた。

ある親類が夫以外の連れといっしょに、大西洋を渡る旅に出かけたいがために、彼女の友人たち、みんなをはぐらかし、出航予定日より一日早い日に、乗船してしまった。

彼女には届かぬままになるだろう沢山の花束や果物や本の贈り物を、残念なことをしたと悔やみながら、疑惑を招くような彼女の同伴男性をともなって、甲板を行ったり来たり歩いていた時、フィリップおじさんにばったり出くわしたのだ。彼は小ぶりなブーケの花束を差し出して、この場にふさわしい調子の声でこう言ってくれた――「いってらっしゃい、いい船旅《ボン・ヴワアイヤージュ》を！アメリカに着いたら、家族の皆さんに、私からよろしくと伝えておいて下さいね！」

今回の件で、唯一驚くべき事実というのが、なんと、フィリップおじさんともあろう彼が、海の向こう、つまりアメリカへ先回りして、彼女と彼の二人を出迎える算段を、しそこねてしまったということだ。

「私も歳をとってきたのだろうか？」フィリップおじさんは、こう自分に問いかけながら、ホテルのベッドから身を起こした。ドアの下に差し込まれた朝刊を拾い上げ、運ばれた朝食を済ませると、彼はまたベッドに戻って眠った。

こうして、彼は家系譜についての彼の関心を失くしていった。

彼は今や、あのカフェのことを考えていた。カフェという場所で彼がじっと観察し、また、彼がじっと聞き耳をたてていた人たちみんなのことを、あれやこれやと思い巡らせていた。彼らが話していたことから推測したことは、どうやら彼らは、生まれつき親にも親戚にも育てられずに、生きてきたらしいということだ。彼らはみな逃げ出してきたか、捨てられ置き去りにされたか、自ら過去の経緯から別離したのではなかったか。親のことも、国籍でさえも認知できていなかったのではなかろうか。

彼らにそういうことを尋ねると、彼に腹を立てたし、でなければ、ぷいっと出て行ったりした。

彼からすると彼らは根無し草だった、しかしながら、彼らは互いに結びつき合い互いに同族のかかわり合いがあった。それは、あたかも彼らが新しい縁続きを、新しいタイプの家族を、新しい国家を見つけ出したかのようだった。

彼こそが孤高の人であった、彼、家族にしか接しない精神《エスプリ・ドゥ・ファミーユ》の人が。

家系譜という大木に流れる樹液の活力は、彼のなかには流れ通ってきていなかった。カフェで一緒になって座っている彼らの間には、脈々と流れている活液のようには。

彼は起き上がり身支度をしながら、カフェで彼らと一緒に座っていたいと思った。昔、神話の本のなかで見た絵画を思い出しもしていた。絵全体の色彩は珊瑚のような黄赤色と金色で、中央に一本の巨大な木があり、左右両方に伸びた枝々の先には、それぞれ、神話上の人物が男も女も子供も、司祭も詩人も筆写者も、竪琴《リラ》奏者も舞踏家も、女神も男神もが描かれていて、皆この同じ一本の木のなかに一緒に座っている、この一まとまりから、神秘的で謎めいた充足感を漂わせている絵だった。

ドナルドが家賃をずっと滞納していたので、アパートから追い出されてしまったときは、夜になってからみんな総出で彼のところへ集合して、鎖のように連なって、窓から外へ彼の所持品を運び出したこともあった。あの時唯一見つかってしまいそうでハラハラしたのは、みんなが一致団結してやってることの滑稽さもさることながら、あんまり楽しかったので、みんなの、今にも吹き出しそうな愉快な笑い声だった。

ジェイが、彼の絵が一枚売れたとカフェにやって来て、さあお祝いだと、その晩は彼のおごりで、みんな誰もがお腹いっぱい御馳走になった。

リリアンがピアノのコンサートをしたときは、みんな全員で出かけて行って、みんなで肩寄せ合って固まって座って、心から溢れんばかりの拍手を盛大に贈ったのだ。

ステラは、ある有爵の人とやらから、南フランスの大邸宅に招待されたときは、みんな全員も行って泊まれるようにしてくれた。

バレエの先生が喘息を患って、もはやダンス教師を続けられなくなったときは、彼はみんなに養ってもらっていた。

この世には確かに、もう一つの家族が存在したのだ。そして、フィリップおじさんは、その家系譜の秘密を発見出来たら、どんなに良いだろうと願った。

この好奇心を胸に、彼は着替えをしてカフェへ出向いて行った。

マイケルは、先に目覚めて、まだ眠っている枕の上のドナルドの顔をじっと見つめているのが好きだった。自分の手が届くところに、頭を枕に沈めて眠るマイケルの顔が在るという現実から、自分の不安を和らげられるかもしれないという自分なりの確信と、ドナルドが起きたなら、日中も夜も通して徐々に、壊し続けてくる確信を、今のうちに煎じ出しておきたい一心で見つめていたのだった。

ドナルドが目を覚まして一日が始まっても、マイケルが必要としているドナルドの言葉を声掛けしてもらえることはなかったし、ドナルドの愛の証になる最小限の行為、ちょっと、ちらっとでも目線を合わせてくれることもしてもらえなかったからだ。

こういう時のマイケルの気持ちは、ジェイのことで気を揉むリリアンの気持ちと、まさに瓜二つだった。

リリアンと同じように、マイケルは、ドナルドが彼に贈り物をしてくれるようなことを証明する事実が欲しかった。とるにたらないような小さなプレゼントでも贈ってもらうのを、マイケルは首を長くして待ち望んでいた。リリアンと同じように、マイケルはドナルドの言葉を自分の中枢に据えたいので、その言葉を自分自身の中に封じ込められればと熱望した。リリアンと同じように、マイケルは狂おしいほど激しい恋の熱烈さを思い焦がれた。鉄工所の中で溶接され白熱の鉄が出現してくる、立ち上がる巨大火柱のような灼熱の恋を。

マイケルは、傍らの枕を背に眠っているドナルドに満足すべきであった。ドナルドがそうして、そこにいることだけで十分満ち足りているべきだった。

けれども、ドナルドが目を開けて起き上がるが早いか否か、彼はマイケルには近づきがたい世界を組み立て、作り上げてくるのだった。リリアンにとって、ジェイの一人何役も演じるような、ころころ変わる世界は寄り添いがたかったように。

この組み立ては、いつだってドナルドのナンセンスな、ちょっとした詩から始まるのだ。ドナルドが、その日の気分によって創る詩のような歌なのだけれど、マイケルが意味を掴むには軽快すぎてよくわからないのだ。それと、その詩は、ドナルドが自分で気に入って歌っていたのではなくて、マイケルに対する反抗と挑戦の意思表明であった。その詩のような歌とはこうだ――

何も失われはしない、ただ変わるだけ
古くて新しい紐に
古くて新しい鞄に……

「マイケル」ドナルドがこう切り出した、「今日はね、ぼくは動物園に行って、一人ぽっちで淋しいと打ちひしがれたように泣いている、新しく入れられたイタチ嬢に会いたいんだ」

マイケルは思った――「檻の中で孤独に耐えかねて泣いているイタチを憐れむ心は、なんて人情が熱い性格だろう」ドナルドのイタチへの憐れみの情は、マイケルにやさしくこう聞いてみる気にさせた――「君は一人になってしまったら、そんなふうに泣いてくれる？」

「いや、ぜんぜん泣かないよ」ドナルドは答えて言った。「一人になったって全くかまわないよ。ぼくは一人でいるのが好きなんだよ」

「じゃあ、ぼくが君を振っても、どうってことないわけかい？」

ドナルドは、こう聞かれても、肩をすくめて歌い出した――

新しい鍋に古いブリキ缶
新しい靴に古い革ひも
新しい絹に老人の髪
新しい帽子に古い藁《わら》……

「とにかくさ」ドナルドは言った、「動物園でぼくが一番好きなのは、イタチじゃなくて、あのすばらしい頑強な皮を鎧《よろい》のようにまとったサイなんだよ」

ドナルドがイタチじゃなくて、むしろサイが好きなんだというのが、マイケルにとっては、わけもなく無償に腹立たしかった。というのは、サイのあの頑強な獣皮を賞賛するというドナルドの主張は、マイケルが弱々しくなかったらいいのに、というドナルドの文句を話されてるようで、また、ドナルドに自分は裏切られているようにも感じた。

どう、どう、どうやって、マイケルは弱々しくない状態を達成できたのだろうか、ドナルドの素振りはどれも、マイケル自身のリズムとは違っていたし、二人の性愛もタイミングはずれて、マイケルは一人とらえどころのないまま置いていかれた。

ドナルドは歌っていた。

新しい人のなかに子供
　そして新しくて新しくない
　　新しくて新しくない
　　　新しくて新しくない

そうして今度は、椅子に掛けて手紙を書き出した。ドナルドが手紙を書く様子は、小学生の男の子丸出しのようだった。ぎこちなさからくる真剣さ、集中することに不慣れ、書き直したりの作業の繰り返しに短気、とうとう、あの彼の歌の言い回しを口ずさんで終わりにしてしまう。その歌詞は、マイケルの心に届くまでには、ずっとよく聞き取れないものであったが、今や、やかましい騒音のように大きな音となり、また、不吉で険悪なものになってきた――新しい人のなかに子供がいて、なんて。

ドナルドが彼のペン先を噛みながら座っているのを見ていると、彼がつじつまの合わないことを言い出して、軽やかに飛び跳ね回ったり笑い出したりしようとしているのが、マイケルには分かっていた。ただ、こういう場合、いつだって、ドナルドはパートナーには参加を許さない範疇に留まって、一人勝手な行為をするのだった。

動物園行きは、二人の相容れない違いを際立たせることになるので、この主張を避けるため、マイケルはドナルドに蚤の市に行くことにさせたのだ。あそこなら、ドナルドがお気に入りのぶらぶら歩きを楽しむのが、手に取るようにわかっていたからだ。

案の定、そこでは想像力を生み出し呼び出すことができる、あらんかぎりの品々が通りにも歩道にも所狭しと並べられていた。長年愛好されたり嫌がられたり、使い古され後に捨てられたり、永い年月を経た艶と風格が加わった世界中からの品々。

だけれどむしろ、その中でマイケルは思索に耽りながら捜し回って、天文学の珍しい一冊の本を見つけ出した。そして、ドナルドはというと、箱無しで機械むき出しのオルゴールを見つけた。彼の手のひらの上で、かすかに音を奏でている、細い針金でできた骨格の部分だけを。ドナルドは、その剥き出しのオルゴールを、彼の耳元で聞き耳を立てながら言った、「マイケル、このオルゴールを買って。ぼく、これが気に入ったよ」。

広い場所だと、それはほとんど聞こえなかったが、ドナルドはマイケルの耳元にもっていって聞かせようともしなかった、ぼくが聞き入っている、この音楽は君のための曲じゃないんだとでも、言わんばかりに。

マイケルは、そのケース無しのオルゴールをドナルドのために買ってやった。子供に一つ、おもちゃを買ってやるようにだ。しかも、買った者には一度もさわらせない、独り占めの玩具なのだ。マイケルは、その天文学専門の希少な本を自分のために買った。ドナルドは、ちらっとも見ようともしない本だった。

ドナルドは、買ってもらったケース無しのオルゴールを、彼のポケットに入れて音をさせながら歩いていた。そして、次はトナカイの二本角を欲しがった、その次はルイ十五世の衣装を欲しがった、そして次には、彼はアヘンを吸うパイプを欲しがった。

マイケルは、古い出版物を研究していた、それに彼の身のこなしは、のろのろとゆっくりしたペースで悲しげな様子を見せていた。ドナルドが見向きもしようとしない、この哀愁の様相は、「ぼくの手を取って、君の遊び道具をいっしょに使わせて欲しいんだ」という意味が込められていた。

ドナルドには気づけないのだろうか、ドナルドといっしょに合わせていきたがっているマイケルを。彼もいっしょに元気で飛び跳ねたがっている、彼もいっしょに、そのオルゴールの曲を聞きたがっている、その思いを拘束させられた、子供のマイケルの我慢に気づかないのか？

そうこうして、彼ら二人は、風船売りの女の人のところまで歩いてきた。エメラルドグリーン色のたくさんの風船がブーケの花のように、ふわふわ風になびいて、女の人はその風船の紐を一つに束ねて持っていた。もちろん、ドナルドはその風船全部を欲しがった。

「全部？」マイケルはびっくりして言った。

「あの風船全部だったら、ぼくを空中に上げてくれるかもしれないね。あの歳を取った女の人よりぼくの方がずっと軽いからさ」とドナルドは言った。

ところが、その女の人から風船全部を受け渡されて束ねて持ってみたけれど、彼が期待したように地面から浮き上がることはなかった。すると、彼は風船全部を手から放してやり、空高く上がっていく風船を下から見て大喜びしていた。彼の一部分も全部の風船にくっついたかのように、そしてついに空中に舞い上がり揺られているかのように喜々としていた。

さて、毎日起こる、この関係の隙間は、もはやこれ以上いっしょに時を過ごすのは耐え難いように、マイケルには思えてきた。そんな彼は、夜を、暗闇の時を望むようになっていた。

盲目の二人連れが、互いに寄り添いながら、マイケルとドナルドの横を通り過ぎて行った。マイケルはその二人が羨ましかった。(真っ暗な中で愛し合うことができる盲目の人が、ぼくはものすごく羨ましい。何の反響も記憶もなく、恋人の目を決して見ないですむ。二人が抱き合い一つになっている姿を見ることもない、情欲も真っ暗闇の瞬間、二人して触れ合い、求愛し合う、闇の中での燃え立つような局部。盲目の恋人たちは欲望の空間に身を投げ出し、夜明けは来ない夜という時間を、共に抱き合い愛し合う。日の光の中で抱き抱かれ、体を見ることは決してない。暗黒のなかでは愛し合うことがなお一層強まるのだろうか？　明るさの鮮明さが突きつける失望のかなしみに、なごり惜しさに、我に返ることもなく、さらに強烈に、さらに深淵に愛し合うのだろうか？　血の通った肉体だけをまさぐる触れ合い、熱き体温を伝える声だけに耳をすり寄せ、全身全霊で聴く！)

目をそらしそっぽを向き、二人の想い出には知らんぷりなんていう恋人を、マイケルが見なくて済むほどに、どんな暗黒も十分に暗くはなかった。愛情の死を、恋仲についた傷を、欲望の夜の営みの終局を、見ないで済ませるには決して暗すぎることはなかった。

充ち足りた明晰さが壊してしまう、現実への嘆きから逃れるためには、マイケルにとって、どの恋も十分に盲目ではないのだ。

「さあて」ドナルドは言った。山ほどの贈り物を彼の腕に抱えて、「カフェへ行こうよ」と。

肘と肘がつき合い、爪先と爪先がつき合い、息と息が混ざり合い、彼らは丸く輪になってカフェで座っていた。行き過ぐ人たちは途切れることなく、大きな並木通りを歩き坂道を降りて行き、花売りたちはブーケを盛んに勧めている、新聞配達の少年らは街の流行《はや》り歌を口ずさみ、夕暮れは黄昏《トワイライト》と呼ばれる、昼と夜の婚姻を成就する時を刻んでいた。

日の光が不十分で白く育成した樹木に囲まれた、人工のパラダイスにある池の噴水盤で、カルメンの挑発を激しく歌い続ける、機械仕掛けの鳥たちのように、広場の隅で手回しオルガンを鳴らす行商人が何曲も奏でていた。その傍らで、相棒の猿が、繋がれた鎖をジャラジャラと音を立てて動き回り、錫缶に銅貨をカランカランと投げ入れられていた。

彼らは近眼の惑星のように、互いに回転しながら座るところをずらしていった。そうやって彼らは変異を起こしながら、それぞれの個性を交換し合いあって座っていた。

数ある惑星の中で、地球に一番近いのは、ジェイのように見えた。彼の唇は快楽のしずくで濡れ、地球に一番親密だということが大満足の、薔薇色の花が彼の両頬に咲いていたからだ。彼が望めばいつだって、地球を肉体的に手に入れることが可能だった。彼は地球に噛みつき食べ難なく消化したのだ。彼の食欲は底なしで、しかも識別力なんてからっきし持ち合わせず、彼はただ素晴らしい消化機能をしていた。そんなわけで、彼の顔はオランダ画のように、濃淡の無い同じ色調でつやつやしていた。血色も良く栄養状態も申し分なく、口先だけ、うわべだけなんていう世界には全く縁が無く、存在感があり実体がともなう人だった。なぜならば、今生きている現在の場面を解説者に届けるために、再生させる必要がある心の内面にある私室などを、ジェイは保持している人ではないからだった。

我々の感情や心情を維持するためには、この場面は大事にしまっておかなくてはならない、というような心の内面の部屋を、彼は携えていなかった。彼は何のこだまも、記憶の保持力も、身につけていなかった。

彼の体のまわりは、カタツムリの殻もない、ヴェールもない、絶縁体もない、何にも覆われていなかった。

彼の飲酒の嗜好と酒癖を見てもわかるのだが、彼という人が持つ、たくさんの入口と出口は固定されていなくて、気まぐれというか、そのぶん軽やかだが表面的な感じを与えた。彼にしてみれば、人間同士の間に空間は無くて通り超えるべき距離感はない、だから、互いに歩み寄るために克服すべき障害も存在しない、なんの努力をも要しない。

惑星間の自然な移動についての彼の自信もさることながら、あるユーモアのセンスに溢れた星占い師によって、あらかじめ動きの一つの型が打ち合わされていたので、パリのど真ん中の生活を写した幻灯用のスライドで見られる、彼の顔はいつも笑って映し出された。束縛や拘束をするための紐のようなものを感じたことなどないし、たいてい他のみんながそうしているような、綱渡り用の張りロープの上を歩くみたいなこともなかったのだ。

そもそも彼は十四歳で家出をして、それ以来実家に一度も戻っていない。この経験、彼と母親との臍の緒を完全に断ち切った時点から、彼は、巻き戻すための糸巻きとか結び輪付きの投げ縄とか、支える力板とか安全網など、どれも持ちあわせていないことを知り尽くして生きてきた。彼は、そういったもの全てをすり抜け回避して生き抜いてきたのだった。

かくして、カフェのテーブルの天空では、惑星は回転を続け仲間たちはジェイの快活さを吸収するために、彼をぐるりと囲んでいた、できれば、彼の秘訣を聞き取りたいものだと期待しながら。

努力することへの無関心は、人を川の淵にすわらせ橋の下に寝泊まりさせるということを、彼は受け入れたからだったのか。橋の下で夜を過ごしたり、噴水の水を飲んだり、煙草の吸いさしを吸ったり、サンテ刑務所《ドゥ・ラ・サンテ》病院〔サンテ刑務所は一八六七年設立。パリ十四区に位置する〕が提供している食事の列に並んで一杯のスープにありついたりすることを、気にとめないことにしようと決心したからなのだろうか？

これが彼の秘訣だったのか？　願いごと全てを放棄し取り払い捨ててしまう、誰にも依存したりしない、一切の夢を保持しない、良し悪しで決めない、無秩序に近い状態で生活する、ということなのだろうか？

実際、彼は何事も最終段階まで行き着いたためしがなかった。この逆境的生活と生存を、凌いでいる負担を肩代わりしてくれる人に、彼はいつも出会っていた。

もっとも、糸巻きの中心から緊張をほどいて繰り出してきたような人のことは、いくら彼でも感づくことができて、こういうときは彼自ら、夜に、その糸巻きの中へ巻きもどり、縁《よ》りを戻した。また、恋する人を切っても切れない螺旋状の愛の世界へ、引き結びの輪を投げて虜にしようとする人や、意を決して、下に見えるブランコに飛び乗ることに高台から身を投げてみるも、その綱を外してしまえば、奈落の底に落ちて行くのを致命的に恐れ怖がっている人のことにも、彼は感づいていた。

この感知は、彼に巨大な鋏《はさみ》を握らせて、こういう場合の思考パターンを、どれもことごとく全て切り離してしまうよう駆り立てるのだ。

カフェのテーブルを囲んでいる人たちの心の拡がりを開けさせ始めた、それはちょうど彼がワインのボトルを開けたときだった。荒っぽく突然すぎる扱い方だった。しかし、確かにワインのコルク栓を抜くのと同じで、彼らの感情を吐露させた。投げやりで突くような単刀直入な質問を彼らに投げつけ、赤裸々な好奇心で彼らを攻撃した。

内緒やごまかしや引っ込み思案な答えには、彼は駆り立てられるように鋭い突きを繰り返し入れた。耳が遠いふりをして、こう言い返した、「君、今、な、なんて言ったの?」

秘密はいらない! ごまかしは許されないぞ!

ばらしちまえよ! 公衆に告白する、あの熱狂者たちのように、自分のことをおおっぴらにするんだ。

引き籠もり、殻に入って打ちとけない態度、ヴェールを覆うような隠しごと、口実、彼は大嫌いだった、そういうのは、彼のなかの野蛮で粗野な一面を立ち上がらせた。

彼を街の暴行者、略奪者、侵害者とならせた。

どこでもいいから、そこから飛び込むんだ！

いいかい、いいかい、
とにかく、突進するんだ！

大きな凶暴な鋏で、全ての精神的な拠りどころ、支えを断ち切っていった。数々の義理、家族、避難所を、断ち切った。彼はカフェの連中たちを一人残らず、大海原、混乱、貧困、孤独、激動の真っ只なかへ送り込んだ。

彼の意気込みのお陰で、元気を回復できる弾力付きのマットの上で、彼らはまずは無事に跳ね返ることができた。ジェイ自身は、彼の臆病な旅人たちが、不慣れで動揺してしまう航海に、それでも乗船してくると、ますます陽気になった。

そうやってかなり強行に踏みにじられて、ある人たちは、むしろほっとしていた。それぐらいしないと、自分自身を開く手立ては他になかったからだ。暴力的に引っ張り出されるぐらいでも喜んだ人もいたのは、彼らの抱えた、たくさんの秘密が彼らの心を蝕んでいたからだった。もちろん、侵略された国家のように、略奪されたように感じた人たちもいた。彼らは、絶望的な状況で自分のことを公開させられて、彼ら自身の劣った性格を恥ずかしいと思い知らされてしまったからだ。

ジェイは、その人を空っぽにして、それから彼のボトルも、沈殿物を僅かに底に残して空にするが早いか、彼は上機嫌になった。

来いよ、とジェイは声をかけた、最悪の君を見せるんだよ。我々の名誉を棄てた姿をジェスチャーで演じて見せるためにも、最悪の自分を笑い飛ばすことが肝心なんだよ。自然のままの自分と向かい合うためにだ、そして次に、自分の欠点の魔力とも向き合うためにだ。来いよ、ジェイは言った、我々みんなにある短所を一緒に分かち合おう。ぼくはヒーローなんてのは信じないよ。ぼくは、自然体の人間を信用するんだ。

（私は今、わかった、ジェイの健康と幸福感が維持できる秘訣が、とリリアンは思った。彼は、い、い、い、気にしないのだ。それが彼の秘密だったのだ。彼は気にしないのだ！　なんと、私は彼から、このことを教えてもらえることは決してないでしょうね。彼が感じるように、私は決して感じないわ。私は彼から離れなくてはならない。もちろんニューヨークには戻ってくるけれど。）

するとこの解釈に合わせて、リリアンが想像していた、ジェイと彼女を永久に結びつける結婚というより糸が、疑惑をともなって絡み縺れ、不安をともなって擦り切れ、ぷっつり切れた、そうすると、彼女は錨をあげて船の艫綱《ともづな》も解いたように感じられた。

ジェイが連中たちの抜錨《ばつびょう》をして、艫綱を解いていた間に、義理やしがらみというロープの結索を切り落としている間に、そうしてすっかり気を取られている間に、うかつにも、彼は自分でリリアンと二人の義務的で息詰まるより糸の結び目までも、切り払っていたのだ。彼から離れて、一人で航海に出ることを決めた彼女は、その瞬間から、元気が出てきたと感じたのだ。

縺れに縺れて絡まった、このより糸、端から端まで、母親から夫へ、子供たちへ、ジェイ自身へ、全部捻じれた糸が、一度に解けたその時、リリアンがいつもと違った声の調子で笑ったのを聞いたジェイは驚いた。リリアンが自分でやりたいことを自分で決めることができない弱点を、憂いてすすり泣くようにしゃがれ声で笑うのが、彼女の大方の笑い声だったからだ。

この同じ時に、観測所のてっぺんで天文学者たちは、惑星間移動のマイレージを表に纏めているところだった。ちょうどこれは、ジューナが、こういうマイレージは、心の動揺に沿って測定するのだと教わっていたのと同じだった。かつてジューナは、人間関係の距離感を創造する芸術の名人、マイケルとの最初の性愛の後、教わったことだった。すると、マイケル本人がドナルドを伴って現れた。間一髪入れず、すぐにジューナが察したのは、ドナルドと自分との人間関係の距離感、この突き通せない隔たりを、よく自覚して苦しみ抜いているマイケルだった。それは、マイケルがいつまでもずっと留まりたがっている状況だった。だが、それは、ドナルド自身には欠けている冗談好きで向こう見ずな性格が、彼自らが入るのを拒んだ思春期という世界と、彼自身との間の隔たりを意味していたのだ。

マイケルはジューナの目を見るやいなや、彼の視界を取り戻した気持ちになった。それは、再生された、彼へのジューナの共感が写っている、澄んだ鏡を見つめることであり、可視性をも生じさせるかのようだった。ドナルドの少年っぽい子供の世界へマイケルを入れてやらない、ドナルドが仕切った、除外という冷酷なやり方は、効を奏して、まさにドナルドの存在をドナルド自身から剥奪したからだった。

ジューナは、一言、こう声をかける必要があった、「こんにちは、マイケル!」マイケルは、ドナルドが存在するためになくてはならない、情け深く守ってくれる亡霊ではないのだと、マイケル自身がそう感じてほしいからだ。ジューナはマイケルのことをこう見ていた。彼は端麗で洗練された人、天文学と数学に秀でていて博学で、ふさわしい場が与えられれば雄弁な人であると、ジューナは思っていたからだ。

元気？　マイケル！　ジューナが声をかけた。そうしたら、マイケル自身と人間たちの間の何百億マイルの隔たりは、人間の存在云々ということではなくて、単に、手帳に付いてる小さい鉛筆の長さくらいの近さになった。ちょうど生徒が、時にやる非現実的な幻想を見せるみたいに、ジューナとマイケルは雛壇に置かれたように座らされていた。とにかく今、彼はカフェの中で座っていたのだ。そしてマイケルの右側には、ドナルドが座っていた。ドナルドは、たくさんいるなかの一人の美青年に過ぎなかったし、見せかけでしかない、あの縁日で売っている粘土の鳩のようじゃないか。ジューナがドナルドと出会った頃から、彼のことをそう呼び続けてきたのだ（一番初め、粘土の鳩と呼んだら、彼はすごく怒って、女性に対する我慢のならないジェラシーをいだいて考え込んでしまった）。元気？　マイケル！　あなたの粘土でできた鳩はご機嫌いかが？

そんな糸のように細い脈が、マイケルとジューナの間を流れ過ぎた。彼は、いついかなる時もジューナの、その時その場の気分を掴むことができた。それこそは、彼の魅力であり彼の優れた特質であり、女性のことが分かっている彼の知識から出る機敏さを物語り、実に本質なるものと関わる理解力のほか何ものでもなかった。

マイケルと同類である男性にのみ知られている、いろいろな機微を発揮できる血統であり、マイケルの子孫である全ての男性たちとジューナの間では起こる、権化——神が人間の姿となる——の可能性が無い、このマイケルとジューナの愛。

ジューナとマイケル、二人は、官能の世界の向こうに存在する、一つの領域を見い出した。そして、この魅惑は、普通の最高頂では収まらないという認識にもかかわらず、敏速な受け答えからなる会話の言葉でもって、霊的な交わりを通して、互いをこよなく魅了しつくしたのだった。

「ジューナ」、マイケルが言った。「君の考えていることが海の中の、あの小魚の群れの動きに似てあっちこっちに、四方八方に広がっているのがぼくには分かるよ」

そして、このとき、即、彼女のこの兆候は、彼女が不安や心配事を抱えている症状だということも、彼には分かっていた。だから、ここで彼女を傷つける、こんな野暮な質問をするのは避けた——「ポールのおやじさんが、彼をインドへ送り込んだんだって？」

あそこに彼女が座っている様子からして、かなりひどい一撃を食らうのを、むしろ待ち受けているかのようだったからだ。

この瞬間、表面に大理石を敷き込んだテーブルの上に、偽りの至福が吐き出され、飲み物のしみや、沈殿物や、かすが染み出てきた。

この瞬間、手回しオルガンから流れるメロディーは変わり、カルメンの放蕩や不品行を曲に乗せて興行するのを止めた。

道化師《パリアッチ》〔イタリアの作曲家、ルッジェーロ・レオンカヴァッロのオペラ、一八九二年ミラノで初演〕の笑い声は、都市からの汚染される有害ガスによって酸化して青白くなり、狂人が泣き叫ぶようにオルガンから奏でられる。そんなこんなで、人間とも猿ともつかぬ音声を伝えている、手回しオルガンが放つ陽気さと共に、広場の角で人目を引いている、あの猿は、鎖をいつもにも増して死に物狂いでガタガタ鳴らしながら、ずっと繋がれている、この拡声器のつっかえ棒から解放してもらえるかもしれないと、見知らぬ通行人一人一人に、赤いトルコ帽を取っては挨拶を繰り返していた。

手回しオルガンのハンドルがぐるぐる回転を続けては、音符が飛び出すかのように、ザワザワガタガタと喧しいメロディが響いていた。猿は、この拡声器のつっかえ棒から放して欲しい一念で懇願のダンスを踊っていた。
ところが、銀貨がカランと落とされると、猿は任務を思い出して、彼の赤いトルコ帽を使って謝意をあらわす仕草の芸を企てて見せたときには、無言の嘆願は、もう、猿の目から消えてなくなっていた。

ジューナは迷路のように入り組んだ、内面の都市へ、再び歩いて帰って行った。
そこでは、流れるという見地から一つの世界をつくり出す、あるいは再形成するなかで溶解していく、その時々の気分や、あらゆる感覚の刺激から生じる、感情や印象のいろいろ全てを携えて運んでいく、地下の川のように流れ入る、音楽は題名を持たない……
そこでは、家々はみな古びていたが、その正面だけは、どれも入りやすく出やすく、ゆったりと構えられていた
そこでは、通りの路は秘密の悲しみから、いくつも枝分かれした通りなので、そのどれ一つとして名前は持たない

そこでは、さえずる鳥たちは、平和の鳥たち、パラダイスの鳥たち、私たちが見る夢に現れる、欲望の色彩豊かな鳥たちだ

羅針盤もない、晴雨計もない、操舵輪もない、百科事典もない、この航海では迷ってしまうのを恐れる人たちがいるのは確かだ

しかし、ジューナには分かっていた、流れに一度自分をまかせてみる、この時点で意識のさらに深い深い状態へと沈んでいき、晴れやかな陽の気分が表土に積まれたところから出発して、地質学で言うような土層の段落を通って、さらに深みへと下降していくと、ついには、人の心のなかの計れない、評価できない、重さを、あえて測るために、ある精巧な計量器だけは携帯していることに気がつくことが分かっていたのだ

人それぞれの秘められた悲しみからできた、あちらこちらへ続く通り路を行けば、そこで聞こえる楽曲は、どれも作曲者は不明だった、そしてそこでは、人々も自分が誰だか分からなくなり、忘我の域に達することに気づくため、幾年も幾年も、過去や現在に行きつ戻りつ揺られながら、流れ運ばれていきたいと望んだ……

記憶の絶え間ない変化と喪失に逆らって、ただひとり自力で、肉体に入り込み自ら宿り、情

緒にかかわる年月日と表題だけを記憶しながら

たくさんの井戸や噴水や川の水を通じて、意識の深い底に息づく、しみじみとした気持ちを感じとった重大な日付に限っては、繰り返し繰り返し、毎回新しい意味と共に、記憶に浮上してくるやもしれないのだから……

訳者あとがき

本書は Anaïs Nin, *Children of the Albatross*（E. P. Dutton & Company, 1947）の全訳である。

原書が出版されてから七十年後の本年、二〇一七年に邦訳『信天翁《あほうどり》の子供たち』が刊行されることとなった。また、今年は一九七七年に七十四歳で世を去ったニンの没後四十年にあたる。一つの節目とでもいえるだろうか。あらためて、創作年譜を振り返れば、特に四十から五十歳代初頭のニンは、約二、三年ごとに「小説」をよく著作している。一九五九年に、ニンは、これらの小説を纏めて、『内面の都市』（*Cities of the Interior*）として出版している。以後、一九七四年版の『内面の都市』を *roman-fleuve*（大河小説）とする構成は、『火への梯子』*Ladders to Fire*（一九四六）を最初に、二番目が本書の『信天翁の子供たち』*Children of the Albatross*（一九四七）、三番目が『四分室の心臓』*The Four-Chambered Heart*（一九五〇）、四番目に『愛の家のスパイ』*A Spy In the House of Love*（一九五四）、最後に『ミノタウロスの誘惑』*Seduction of the Minotaur*（一九六一、これは『太陽の帆船』*Solar Barque*（一九五八）に加筆された作品）となる。

本書の原書である初版本には、ニンが、前作『火への梯子』と重なる登場人物、又、今後も同様の重複が発生する小説を予期した但し書きを添えている。そこには、これらの小説は別々に読まれて然るべきで、一つのタペストリーの部分部分として読んでもらえれば、という紹介を付けている。まるでニンは、一九四七年の初版時、既に、将来的には大河小説《ロマン・フルーヴ》として纏めようとしていたかのようだ。ニン自身も指摘しているように、これらの作品群には、内容に関する順序立てられた筋の連続性は無い。

『内面の都市』の邦訳としての日本での受容は、二作品のみが独立したかたちで、個別に翻訳されてきた。『愛の家のスパイ』が一九六六年に中田耕治訳《人間の文学18》（河出書房新社）、再び一九九九年に西山けい子訳（本の友社）で、『ミノタウロスの誘惑』が二〇一〇年に大野朝子訳（水声社）で出版されている。本書の『信天翁の子供たち』が、ようやく三作品目の邦訳となる。

『愛の家のスパイ』が、アナイス・ニンが日本ではじめて紹介された作品である。この経緯は、ニンが『アナイス・ニンの日記　第六巻』に概略を記している、ノブコが、『愛の家のスパイ』を、出版社に手渡して、翻訳者は中田耕治となり、そして出版社の招待を受けて、日本訪問ということになると。ニンが来日まで果たす結果となった、この『愛の家のスパイ』の原書を選んだ「ノブコ」という人は誰なのか。ニンの最後の小説、『コラージュ』*Collages* の登場人物 Nobuko のモデルとなった、上西信子、後の Lady Nobuko Albery、亡夫は著名なロンドン

『信天翁の子供たち』初版のジャケット

の劇場主Sir Donald Albery、である。

このノブコ・オールベリーに、東京で会見の機会を一度ならず得て、連絡を取り合ってきたのは、私が『信天翁の子供たち』を翻訳し始めたころから、折しも重なりしころであった。最近では、彼女とのインタビューを終え、英語による全問答を来年二月にアナイス・ニンに関する定期刊行物『宇宙のカフェ　十五号』(*A Café in Space Volume* 15) に掲載される予定である。それに先立ち、ここでは、作家アナイス・ニンの日本でのはじめての出版が「小説」であったことに鑑みて、その発端に寄与した日本女性、上西信子の当時、一九六〇年代初頭の周縁を簡略に紹介しておきたい。

ニューヨーク大学に在学中だった上西信子は、ある会合で、アナイスの夫ヒュー・ガイラー (Hugh Guiler 1898-1985) から実験的なフィルム製作者であると自己紹介をされ、妻のアナイスが日本文化に興味が深く、是非会ってほしいと言われたのが出会いだった。上西信子は、ニン夫婦に可愛がられ、ワシントン広場《スクエア》を見下ろすヒューのアパートで開かれる、イアン・ヒューゴ（ヒュー・ガイラーの芸術家としての名前）自作のフィルム試写会に、その自宅をしばしば訪れている。アナイスとノブコは友達としての親交も深めていく。こうして、アナイス・ニンの作家としての「小説」を知るようになる。上西信子は、一九六〇年代初頭、ニューヨークの日本人のサロンとして開かれていた、猪熊弦一郎（一九〇三―一九九三、洋画家）・文子夫妻の自宅で、河出書房の河出朋久に出会い、『愛の家のスパイ』の原書を渡したといういきさつである。このサロンに集ったのは、イサム・ノグチ、大江健三郎、三島由紀夫などの芸術家たちだという。上西信子自身は、東宝の菊田一夫に抜擢され、日本にブロードウェイミュージカルを紹介する。『キス・ミー・ケイト』に始まり『サウンド・オブ・ミュージック』等々から『レ・ミゼラブル』、『ミス・サイゴン』まで日本の歌劇界との先駆的橋渡しとして活躍していく。また、Nobuko Albery の名前で、英文の小説を執筆し続けており、グレアム・グリーンやアイリス・マードックらから書評を得た作家である。この日本女性を、ニンが小説『コラージュ』における Nobuko のモデルに起用したのも、先見の明がある。さらに、実際、作家アナイス・ニンと『内面の都市』の一作、小説『愛の家のスパイ』を、日本へ繋げたパイオニアだったことを覚えておきたいと思う。

『信天翁の子供たち』のタイトルにある信天翁、あほうどり、英語では albatross（アルバトロス）が、文学史上一番よく知られている象徴は、イギリス十九世紀の詩人、サミュエル・テイラー・コウルリッジの物語詩、「老水夫の歌」（"The Rime of the Ancient Mariner" 1798）であろう。他では、フランスのシャルル・ボードレールは「アルバトロス」（"L'Albatros" 1859）という詩を書き、詩人の雄大な世界と挫折にたとえている。アメリカのハーマン・メルヴィルにおいては、『白鯨』（*Moby-Dick* 1851）、第四十二章の鯨の白に関連して、信天翁の「白さ」に注目した闊達な描写をしている。ニンの信天翁が象徴するのは、その白い翼が放つ「燐光」、イルミネーションであると主人公、ジューナを通して語っている。光輝が透明感を伴って、思春期の青年たちの純粋さを意味していく。ニンの『未来の小説』（*The Novel of the Future* 1968）において、『信天翁の子供たち』で、子供や青年の、その時期特有な輝きの透明さと儚さというテーマを描くため信天翁のシンボルを用いたのだと、自ら説明している。

「子供たち」であるローレンスやポールは、十七、八歳の芸術家を目指しながらも将来像がはっきりとは定まらない青年たちで、ジューナの家に居場所を見出している。ジューナは、自分がなぜ、若者に惹かれるのか戸惑いもするが、彼らの「透明性」とは「信じること」だとし、ジューナ自身の青春から熟年に至る、今も変わらない「信念」に通じて共感を持つ。社会の既成概念に屈しない精神を堅持する生き方を掲げ、若者と共に、彼らが「不透明」になっていく妥協や挫折から守りたいと願う。

四十歳を超えたジューナと、十七、八のポールとの関係が、この小説のタイトル『信天翁の子供たち』の土台に直結したエピソードである。ポールの両親は、息子の芸術志望の自由な進路を認めない。とりわけ彼の父親からの抑制が、ジューナの孤児院での夜回り男や、バレエの男教師や、彼女と家族を捨てた実の父親という、威圧的な父親像へのトラウマと重層して、ジューナは、この青年と「同盟」を組むことで、彼女が断ち切れない父権的権威への嫌悪に対抗している。

若いポールを愛してしまうジューナの内省と葛藤があるなか、ポールとジューナの男女関係を世のモラルや理解から「超越」した愛のかたちとして描いている。この小説の次作となる『四分室の心臓』において、物語としての連結はないが、再度主人公となるジューナが、ポールとの愛を回想するモノローグ的描写があるが、二人が身を寄せ合って愛し合う必要性は、権力的威圧への二人共通の不安感であったと述懐する。社会一般的な価値観や世間の権限の向こうをはって、自由を譲歩しないための、やるせない不安と孤独が、二人にとっては、本当の愛情となり性愛を成就したということではないだろうか。ニンは、猥褻とエロティシズムの区別を明確にしなければ、官能性を文学作品に表現できないと考える作家である。ニンがエッセイ集『心やさしき男性を讃えて』(*In Favor of the Sensitive Man* 1976)のなかで説明しているのは、ニンにとって、エロティシズムは、無限の対象があり、無限の形式、変化、変形が存在する事実を受け入れることであり、官能性は、特定の人間への個人的な愛情と情熱を合わせもつ必然性があるとし、猥褻は官能性をグロテスクに扱うところに歴然とした違いをみなす作家であることだ。このような視座をもつことで、ニン文学のエロティシズムを表現できる、ニンの文体の美麗さと微妙さを確かめることが望ましいのではないかと考える。

ニンは、講演・インタビュー集『女は声する』(*A Woman Speaks* 1975)で、「子供」に関して述べているところによると、我々人間というのは皆、一人の男性でもあり、女性でもあり、子供でもある、そして、その子供というのは、大概にして、みなし子《オーファン》なのだという。このオーファンというのが、『信天翁の子供たち』の「子供」に隠喩された意味の一つである。人は、いくつになっても子供のままの自分が存在しているのだが、もはや、生存否にかかわらず「親」はいない。この意味で、ジューナとポールは、みなし子同士であった。二人が共有する境遇に、伝説的オーファン、「カスパー・ハウザー」をニンは織り込む。信天翁、アルバトロスと同様、それ以上に文学上のモチーフや象徴とされてきた。ニンは、親や世間に翻弄されるミステリー性のあるカスパー・ハウザーを好んだとみられる。ニンが『信天翁の子供たち』を執筆する前の一九四五年ごろには、ドイツの作家、ジェイコブ・ヴァッサーマン（Jacob Wasserman 1873-1934）の『カスパー・ハウザー』を嬉々として読み、ニンが新鋭のアメリカの作家の一人として称賛した、メアリアン・ハウザーは、この伝説的実在人物をもとに歴史小説『イシュマエル王子』（*Prince Ishmael* 1963）を書いている。

『信天翁の子供たち』は、第一部を「密室」と題して、一九四〇年代のパリに住むジューナが、モンマルトル界隈の縁日の情景から蘇る、十代の孤児院での暮らしやバレエの稽古、ロマンス的ときめきの体験などが回想と連想によって、成人の自分と青年との関係への言及と交錯して、深層心理が綴られていく。「密室」には、封印された個人の秘めている心象が比喩されており、基本的には、ニンが一九三〇年代に住んだルヴシエンヌの館を彷彿とさせる、ジューナの家の中の、四方壁で囲まれた窓の無い一部屋を描いて、ゴシック的な秘密が齎す心理的閉塞感を象徴している。しかし、「密室」から見事に脱出してみせるポールとジューナは、毅然と自由と覚悟を選ぶ。セザール・フランクの『交響曲ニ短調』の曲想に導かれ二人しての「飛翔」を、鳥やバレエのダンスの動的イメージを用いて描き出している。第二部の「カフェ」は、対照的に、一転、公の場所を選び、パリのカフェに何人もの仲間たちが集う空間を表している。「アリババの洞窟」にもたとえられる、ここでのカフェカルチャーは、仲間が持ち合う幸運も不運も、夢も挫折も、主観的情感が客観的分析を表出することで、自分が直視するのをさける自我を啓蒙していくのかもしれない。ニンの小説では、よく登場する女性たち、リリアンやサビーナも加え、彼女らの偽りの自己や役割演技のからくりを、ジューナの見地が鋭利に判明させる。そのジューナも、あのポールとの超然的関係の至福への懐疑、回避できない気づきを示唆していく。この小説のラストシーンは、パリの縁日に戻るが、さらに「内面の都市」へ、歩いて戻って行くジューナをフェイドアウトさせる、終わりなき旅路に余韻を残している。前述した五作品を纏めた、小説『内面の都市』のタイトルと同様、密室は人の心の中奥深い潜在意識を指し、ニンがよく用いる迷路、迷宮のシンボルにも表される。

『信天翁の子供たち』は、ニンの小説に用いられる「情緒的な時間経過」を採ることによって、人間の心理的過去、現在、未来が通常の時間概念を逸脱して、情緒に応じた時系列に沿って、その変容を表現しようとしている。ジューナの意識は、過去のジューナの意識に回帰するが、同時にそれは、今の彼女の無意識や潜在意識の表象となる。密室やカフェも場所を限定するものの、曖昧さを伴い、登場人物においても、同様の不明確さを残す。これらは、重要な細部、ディテールの厳選を強化する抽象概念が、ニンの小説には必要であるという。詳細な状況描写を提示する写実主義《リアリズム》の放棄であり、同時にむしろ現実《リアリティ》を表現する言語、文体に凝る。

ニンの小説は、詩的小説であると自ら位置づけている。詩と散文を合体させる手法であり、ニンが三十代から傾倒し手本としてきたピエール・ジャン・ジューヴの影響を受けたという。さらに、モダニズムの作家でもあるニンは、シュルレアリスム的イメージも顕著である。『未来の小説』においても、ニンは説明しているが、詩的な表現を散文にしたためることは、「夢のような」小説を書くのではなく、「夢そのもの」を書くことを表しているのだという。詩人は意識と無意識を融合するのに、その言語の象徴性を適用する、ひいては、潜在意識、夢、つまり「現実」の一部を言い当てることができる。詩的言語は、その夢の意味、人の持つ情緒的、心理的、行動の動機を歴然と示す効力があるからだとしている。このような詩人の言語を、ニンは、「六角形」や「万華鏡」に似ているとして、現実的な人間の様々な感覚や精神《サイキ》と様相を、自在に結びつけたり組み合わせてみることができるという。

一九五九年、ロンドンのピーター・オーエン社から出版された『信天翁の子供たち』には、ロレンス・ダレル（Lawrence Durrell 1912-90）が序文を寄せている。この小説は、詩のリズムと語調によって、無駄を取り除いた、緻密に洗練された散文であり、詩が齎す真実と人間の個性に没頭した作品であるという。小説における詩的な要素は、読者の主観性に委ねられるし、読む甲斐があると指摘する。ニン自らも『未来の小説』において、読者の自由な参加を誘うのが、詩的小説の魔術的言語の効果であり、読者の感受性の柔軟性や想像力が求められる、そして、「小説」の機能は、読者に情緒的体験の空間と時間を与えることに他ならないとしている。

ダレルやニンが表示する読者側の積極性に呼応する読書術を、日本の作家、井上荒野が紹介している。あくまで、読書の仕方は人によって自由であるとした上で、読みづらい小説は、知識ではなく感覚や知覚を表現しようという作家の試みであり、報告ではないので読者も受けとめるだけでなく、努めて読む姿勢があれば、作家の思い入れと試みに同調していく過程で、一気に世界が広がる「読書」の醍醐味に繋がるという。作家の試みについて、ニンも作家の内なる潜在能力や発展性を実験していく創作魂を、新しい作家たちに託したいとしている。

『信天翁の子供たち』の初版本とロンドン版のみに、ニンは献辞を載せている。クレメント・スタッフという、一九四五年から一九五〇年初めのころの、ニューヨークでのニンの精神分析医に充てている。ニン自身、精神分析について造詣が深いことは周知である。スタッフがニンの担当分析医であったころが、この小説を執筆していたころと並行し、登場人物のもとになった人たちへの、スタッフの専門家としての洞察を讃えている。この献辞からも、登場人物たちにはモデルがいたことが、推察できる。もっとも、ノエル・フィッチとデアドラ・ベアーによる、これまで書かれたニンの伝記二冊は、実在人物の起用を言及してきた。しかし、ニン自身の言葉による「無削除版日記」は、「小説」の読みの幅を広げる意味で効力は大きい。

『信天翁の子供たち』の登場人物の中でも、特色を担うのはポールだろう。ポールのモデルは、ウィリアム（ビル）・ピンカード（William（Bill）Pinckard 1927-1989）である。『アナイス・ニンの日記　第四巻』にはレオナルドという匿名で書かれていたが、本年、二〇一七年五月に出版された「無削除版日記」の第六巻『トラピーズ』（*Trapeze* 1947-1955）巻末の人名注釈に、堂々と実名に併せてプロフィールが掲載されている。『信天翁の子供たち』の小説を生み出すことになった、アナイス（ジューナ）とビル（ポール）の出会いに関しては、二〇一四年に出ている「無削除版日記」第五巻の『蜃気楼』（*Mirages* 1939-1947）で、一九四五年三月八日付けのニンの文章が意気揚々と活写している。

ビルは、イェール大学一年の時、ウォレス・ファウリー教授のクラスで、アナイス・ニンの短編集『ガラスの鐘の下で』（*Under a Glass Bell* 1944）に感銘を受けて、教授の紹介を通してニンに会っている。（ファウリーは、フランス文学を専門とし、著書『シュルレアリスムの時代』を、ニンは『未来の小説』のなかで高く評価している。）十七歳のビルは、当時、ニューヨークでアナイスの夫ヒューとも会い、夫妻のアパートをよく訪れている。アナイスは、若きビルにとって、人生と芸術の伝達者、イニシエーターでありたいと沸き立つ気持ちを募らせていく。ビルは「東洋的神秘」を放ち「海王星の光明」に輝く「若きランボー」のような青年であり、母アナイスの子宮に、子供ビルを受け入れることで、「アナイスの中に息づく男性性（アニムス）」と「アナイスの中の詩人」とが男性になった人であるとし、自分との双生にある関係だと書き留めていく。

ビルは裕福なアメリカ人両親のもと、マニラに生まれ、後中国に移り、八歳以降米国に住む。幼少を過ごしたアジアの影響もあり、後には、カリフォルニア大学バークレー校にて仏教を学んでから、亡くなるまで日本に住む。一九六五年に浮世絵や囲碁の専門書などを扱う会社を設立する。没後二十年ほどして、ビルが研鑽を重ね執筆していたものを纏め、英語・日本語併記、*Japanese Printings and the World of Go*『浮世絵と囲碁文化』（William Pinckard and Kitagawa Akiko, Kiseido Publishing Company 2010）が出版されている。アナイスは、若きビルが、「東洋」に憧れ、東洋の精神的意義や神秘的力の世界を将来の夢に描いている人であることを、又同時に、アナイス自身にも東洋の繊細さ、かつ神秘が既に存在していて、それでものを見、生活していることを、無削除版日記『蜃気楼』で指摘している。アナイスはジューナがそうであったように、ビル／ポールのよき理解者であったといえよう。

『信天翁の子供たち』の登場人物で、もう二人、作品を独特なものにしている、マイケルとドナルドのモデルを付記しておく。マイケルは、ニンの従弟エドワルド・サンチェス（Eduardo Sanchez 1904-1990）、キューバ生まれ、博学で占星術を研究していた人である。アナイスに、日記を書くという他にも、自己を語る環境として、精神分析を勧めた最初の人で、一九三二年に精神分析医、ルネ・アランディ博士（Dr. René Allendy 1889-1942）を紹介している。ドナルドはアメリカの詩人、ロバート・ダンカン（Robert Duncan 1919-1988）である。カリフォルニアの養父母から家出をしてニューヨークに来た詩人は、アナイスとヒュー宅にも、よく訪れるようになり、アナイスも彼の詩人としての才能を認め、自分の従弟エドワルド・サンチェスを紹介することで、経済的な援助へと繋げた。それは、エドワルドとロバートのホモセクシュアルな関係へと発展する。無削除版日記『蜃気楼』、一九四〇年十月二十八日付けによると、この日ニューヨーク、ゴサム書店にて、アメリカのモダニズムの詩人、ウィリアム・カーロス・ウィリアムズ作品展のレセプションに、ニンもダンカンも出席している。ウィリアムズに認めてもらったニンは喜ぶと共に、ダンカンは、その場でニンの『近親相姦の家』（*House of Incest*,

1936）を独白調に暗唱したりする熱狂的な夢想家であった。

こうして、『信天翁の子供たち』の小説のなかにおいては、アナイス／ジューナを真ん中にして、両脇に、サンチェス／マイケルと、ダンカン／ドナルドという、異性愛と同性愛との性愛関係という構図を生み出した。ジューナは、十六歳の頃、一つ上のマイケルに恋をするが、憧れた恋愛の理想に満たされていかないわけを、マイケルのホモセクシュアリティに、後になって気づく心境が、回想の意識の流れを交錯させながら描かれる。大人になったマイケルがドナルドというパートナーを得て、又、ジューナと再会をきたす。この三人が、セクシュアリティの世間の規範を超えて、アンドロギュノス（両性具有）な性の表出を示唆している。さらに、両性的側面を持ち合わせた生活感、人間関係への意識の質を問いかけてくるのだ。三人でドビッシーの『喜びの島』の調べに合わせて舞いを踊る描写に、豊かな人間性、人間の個性的人格、特性を讃歌する創意をみせている。

この小説の背景の実在人物をニン自身が綴った無削除版日記『蜃気楼』における、ポールのモデル、ビルとの出会いの章には、「透き通った子供」（Transparent Child）という見出しを記載している。また、ニンの『日記』第四巻は「透き通った子供たち」(Transparent Children)と名付けると書いている。いずれも、ニンのこの時期に書いた小説『信天翁の子供たち』の子供たちの表象に発展した。広義においては、一九四五年ごろまでに、ニンの周縁の若き青年芸術家(志望)たちを、ニン自らが呼んだ名称である。ケネス・パッチェン、ジェイムズ・メリル、ジョン・ダッドレーなどが日記に列挙されていく。なかでも、ゴア・ヴィダル(Gore Vidal 1925-2012)、アメリカの作家は、『信天翁の子供たち』の初版本のために、ニンにとっては初めての大手出版社、ニューヨークのダットン社からの出版契約を実現させた人である。ゴアは、ヴィダル家、フランスの宮廷詩人、トルバドゥールの末裔、実父は米国上院議員であり、若くして貴族階級にある身でありながら、ダットン社に編集者として勤務していた。ゴアもまた、十一歳の時に、恋人と家を出た実母への愛憎をトラウマに抱えた捨て子、ニンにとっては完璧に近い「カスパー・ハウザー」なる「子供」であったろう。アナイス、四十二歳、ゴア、二十歳、ゴアがホモセクシュアルであったこともあわせて、とまどいの恋の遍歴を想う「ジューナ」という登場人物像が不思議と重層してくる。

一九四七年三月二日、日曜日に、『信天翁の子供たち』を執筆完了した経緯が無削除版日記『蜃気楼』に記されている。この日の前の記載は同年、二月二十七日で、ルパート・ポール（Rupert Pole 1919-2006）というピンカード（Bill Pinckard）に似た人に出会ったと書いている。このルパートこそ、アナイスにとって、もう一人の夫ともいえる人物であり、無削除版日記『トラピーズ』は、ここで初めて、ルパートとの関係を活字によって露呈していく。アメリカ本土の東海岸、ニューヨークの夫、ヒュー・ガイラーと、西海岸のロサンゼルスの夫、ルパート・ポールの間を、まさに、トラピーズ、「サーカスの空中ブランコ」に乗り移動するようなきわどい、アナイスの人生が始まった時である。「トラピーズ」はニンが好んだ比喩表現の一つで、『信天翁の子供たち』でも第二部のカフェにおいて使用されている。ジューナの夢からの覚醒を、潜在意識からの目覚めに、ある洞察への移行を隠喩しているくだりである。こうして、ルパート・ポールの出現により、「子供たち」にとっても一つのターニングポイントとなる、無削除版日記『トラピーズ』が五月に刊行され、それを追って本書が刊行されることで、絶えず拡張するニンという独創的作家像を、再考する好機になることを望んでいる。

この翻訳に際して、お世話になった方々にお礼を申し上げる。アナイス・ニン・トラスト理事をながく勤められ、日本でのアナイス・ニン研究会を創設された、岐阜聖徳学園大学名誉教授、杉崎和子先生から、いつも鼓舞していただいたことに感謝を捧げる。そして、水声社編集部の飛田陽子さんに感謝申し上げる。ありがとうございました。

二〇一七年九月

山本豊子

＊　本表紙——一九四八年にヒューストンの書店で『信天翁の子供たち』に署名をするアナイス・ニン

著者／訳者について――

アナイス・ニン（Anaïs Nin）　一九〇三年、パリ郊外ヌイイ・シュル・セーヌで生まれ、一九七七年、ロサンゼルスに没した。九歳のときに両親が離別、十一歳で母やふたりの弟とともにアメリカに渡り、このころから日記を書き始める。二十代でパリへ戻り、創作修業を重ね、一九三六年に第一創作集『近親相姦の家』を発表。後年、ヘンリー・ミラーとの交友録を含む六十年以上にわたる膨大な日記の出版で注目を浴びる。主な著書に『アナイス・ニンの日記』、『ガラスの鐘の下で』、『未来の小説』、『インセスト』などがある。

山本豊子（やまもととよこ）　西宮市に生まれる。東京女子大学大学院英米文学科修士課程修了。ボストンカレッジ大学院英米文学MA取得。現在、東京女子大学非常勤講師。専攻、アメリカ文学。共著に、『アナイス・ニン　文学的見解』（*Anaïs Nin:Literary Perspectives*, Macmillan,1997）、訳書に、アナイス・ニン『心やさしき男性を讃えて』（鳥影社、一九九七年）などがある。

装幀——齋藤久美子

信天翁の子供たち

二〇一七年一〇月二〇日第一版第一刷印刷　二〇一七年一〇月三〇日第一版第一刷発行

著者――アナイス・ニン

訳者――山本豊子

発行者――鈴木宏

発行所――株式会社水声社

東京都文京区小石川二―七―五　郵便番号一一二―〇〇〇二

電話〇三―三八一八―六〇四〇　FAX〇三―三八一八―二四三七

郵便振替〇〇一八〇―四―六五四一〇〇

URL: http://www.suiseisha.net

［編集］横浜市港北区新吉田東一―七七―一七　郵便番号二二三―〇〇五八

電話〇四五―七一七―五三五六　FAX〇四五―七一七―五三五七

印刷・製本――精興社

ISBN978-4-8010-0285-2

乱丁・落丁本はお取り替えいたします。